FVA

Hans Christoph Buch in der Frankfurter Verlagsanstalt:

TOD IN HABANA, Erzählung

REISE UM DIE WELT IN ACHT NÄCHTEN, Roman

BARON SAMSTAG ODER DAS LEBEN NACH DEM TOD, Roman

BOAT PEOPLE. LITERATUR ALS GEISTERSCHIFF, Berner Poetikvorlesung

ELF ARTEN, DAS EIS ZU BRECHEN, Roman

STILLLEBEN MIT TOTENKOPF, Roman

Hans Christoph Buch

STILLLEBEN MIT TOTENKOPF

Roman

FRANKFURTER VERLAGSANSTALT

FSC
www.fsc.org
MIX
Papier aus verantwortungsvollen Quellen
FSC® C014496

Umschlaggestaltung: Laura J Gerlach
Covermotiv: Gemälde von Francisco de Zurbarán
Herstellung: Laura J Gerlach
Satz: psb, Berlin
Druck und Bindung: GGP Media GmbH, Pößneck
Printed in Germany
ISBN 978-3-627-00252-7

»Wie durch angeschlagene und löchrige Gefäße rinnt die Zeit durch die Seelen hindurch …«

Seneca: De brevitate vitae

INHALT

BANGUI, AUGUST 2017 (Statt eines Prologs)

In Bangui der Hauptstadt der Zentralafrikanischen Republik Hauptstadt ist zu viel gesagt Republik ebenfalls ist mir der Tod begegnet im Büro der Welthungerhilfe wo Alassane Cissé aus Gao ein Malier vom Volk der Mandingo mir einen Hausausweis ausstellte genannt Badge gut sichtbar um den Hals zu tragen oder an der Brust um nicht aus Versehen oder absichtlich getötet zu werden Don't shoot at us Civilians are not a target der Tod trägt eine Sonnenbrille einen Panamahut er beugt sich interessiert wie mir scheint über den Kühler eines Landrovers mit dem Aufkleber Pas d'armes No weapons on board der Tod hat es nicht eilig er hat Zeit seit die Toten oder das was Hunde und Geier übriglassen eingesammelt wird vom Roten Kreuz dem Roten Halbmond früher musste der Tod sich selbst zum Tatort bemühen am Kilometerstein fünf einem Moslemviertel mit Markt vis-à-vis der großen Moschee dort fallen täglich Leichen an von Kindersoldaten verstümmelt was die Identifizierung schwer oder unmöglich macht der Tod hat es nicht eilig er hat viel Zeit bis auch das zu Ende ist Rien ne va plus Rotes Kreuz und Roter Halbmond stellen die Arbeit ein nur im Hinterland von Bangui in Bema Bambari Bangassou Bocaranga Kaga-Bandoro Ouanga Zemio geht das Morden weiter dort wird fleißig gestorben wie der Honorarkonsul aus Wien mit einer vagen Handbewegung nach draußen zeigend sagt der Tod schnäuzt sich die Nase mit einem Tempotaschentuch er hat es nicht eilig er hat Zeit späht durch die Ritzen der Jalousie und sieht zu wie Monsieur Cissé meinen Ausweis abstempelt und unterschreibt eine Lebensversicherung nein eine Sterbepolice Kreuzen Sie an wer im Ernstfall benachrichtigt werden soll und wer die Kosten für die Überführung Ihres Leichnams trägt

*

Der Tod ist ein Bademeister der Blätter aus dem Pool des Ledger Plaza Hotels fischt der Tod ist ein Motorradbote mit schwarzem Sturzhelm und gelbem Regencape der seine Maschine unter das Wellblechdach schiebt auf das tropischer Sturzregen prasselt der Tod ist ein Pygmäe der durch ein überschwemmtes Reisfeld watet und dir bis zum Bauch im Wasser zublinzelt bei dem Wort Pygmäe fangen alle zu lachen an als handle es sich um eine Witzfigur der Tod ist das Frauengefängnis in Bimbo gestiftet von USAID der Tod ist eine Marktfrau die sechs übereinander gestapelte Stühle auf dem Kopf balanciert eine schwarze Mamba die den stellvertretenden Institutsleiter beißt der Tod ist die Waage im

Duschraum des Ledger Plaza Hotels die kein Gewicht mehr anzeigt der Tod ist ein weißes Huhn das als Krokodilköder dient Krokodilfleisch schmeckt wie Weißfleisch wie Huhn sagt der Belgier der es satt hat jeden Abend dasselbe Musikstück zu hören Take Five der Tod ist ein Pygmäe der Affenbabys verkauft das Wort Pygmäe löst schallendes Gelächter aus der Tod ist der gegrillte Capitaine auf dem Hotelbüfett die mehrfach vergewaltigte Frau die mitten im Interview zu stottern anfängt der Kindersoldat der bei der Frage nach dem Verbleib seiner Mutter zu weinen beginnt der Tod ist das Monument am Unabhängigkeitsplatz das man nicht fotografieren darf der Tod ist ein Latrinenprogramm namens FDAL Fin de la défécation à l'air libre der Tod ist ein schaler Geschmack im Mund eine Durchfallepidemie die zu schlagartiger Entleerung führt der Tod ist ein Stromausfall ein Blackout Brownout ein Burnout-Syndrom der Tod ist ein T-Shirt mit dem Aufdruck Der Weg ist das Ziel der Tod ist ein dumpfer nein stechender Schmerz in der Brust die Schutthalde der Philosophie im Rücken die Fata Morgana der Literatur vor Augen verstorbene Freunde winken dir zu Komm rüber zu uns!

Erstes Buch: WEIT WEG UND LANGE HER

EIN FLUGZEUG ÜBER DEM HAUS

In meiner frühesten Kindheitserinnerung hält meine Mutter mich im Arm auf dem Balkon unserer Fünfzimmerwohnung in Wetzlar, Helgebachstraße 32, ein Jahr bin ich alt und folge müde blinzelnd den ausgestreckten Armen der Erwachsenen, die zum Himmel zeigen, genauer gesagt zum Kalsmunt, so heißt die Burgruine oberhalb der Leitz-Werke, über der ein Marauder genanntes Flugzeug kreist mit sieben Mann Besatzung, elf Maschinengewehren und 1800 Kilo Bombenlast an Bord, verfolgt von einer Me 262, einem Turbinenjäger der Luftwaffe, der wendiger und Propellerflugzeugen technisch überlegen ist, aber nach Verlusten in der Ardennenoffensive erst am Kriegsende wieder zum Einsatz kommt. Die Zeit ist März 1945, eben erst fange ich an zu laufen, habe keine Ahnung, was ein Bomber oder ein Abfangjäger ist und sehe, wie die Me 262 von oben herabstößt auf die silbern blinkende Maschine, die brennend, mit schwarzer Rauchfahne, hinter dem Kalsmunt niedergeht, nicht weit entfernt von der Villa des Fabrikanten Ernst Leitz, der verfolgten Juden zur Flucht aus Nazideutschland verhalf. Auch die Me 262 hat einen Treffer abbekommen, sie beginnt zu trudeln und schlägt in einem Feuerball am Nordhang des Stoppelbergs auf. Ob der Pilot der Me 262 sich mit dem Fallschirm retten kann, ob die Bomberbesatzung von aufgebrachten Bauern erschlagen wird oder in Gefangenschaft gerät, aus der alliierte Sieger sie später befreien, weiß ich nicht und gebe das Geschehen so wieder, wie Eltern und Geschwister es mir erzählt haben. Der Familienüberlieferung ist nicht zu trauen – oder doch?

*

Ich habe wirklich gelebt, jawohl, und der gedruckte Beweis dafür erschien an Führers Geburtstag, 20. April 1944, im *Wetzlarer Anzeiger* unter der Überschrift DES LEBENS AUF UND AB: »In der Woche vom 9. bis zum 15. April registrierte das Standesamt Wetzlar drei Eheschließungen, fünf Geburten und elf Sterbefälle. Die Ehe gingen ein Leutnant Karl-Heinz Gänßler, Siegen, und Studentin der Chemie Marianne Röcke, Gießen. Einen Sohn erhielten Optikmeister Ludwig Weiß und Josefine geb. Wetzel, Frankfurt a. M., Syndikus Dr. Friedrich Buch und Ruth Buch geb. Simon-Weidner, Helgebachstr. 32. In der Berichtszeit starben Barbara Schaeffer geb. Stadtler aus Frankfurt a. M., siebzig Jahre alt; Hilfsarbeiter J. Omischtschuk, Gabelsbergerstr., zweiundzwanzig Jahre«, u. a. m. Der zuletzt Genannte könnte ein bei Buderus eingesetzter ukrainischer Zwangsarbeiter gewesen sein.

Fünfundvierzig Jahre später, im Februar 1990, fragt mich eine amerikanische Studentin, was ich im Dritten Reich und im Zweiten Weltkrieg gemacht habe. Linda sieht aus wie eine Barbie-Puppe, blond und blauäugig, mit üppigem Busen und knappem Arsch: Meine Antwort, damals sei ich ein Baby gewesen, hat sie nicht überzeugt. Sie kommt in mein Büro an der University of Texas, wo ich kreatives Schreiben unterrichte, setzt sich auf den Schreibtisch und schlägt die Beine übereinander, so dass ich Einblick in das Allerheiligste unter ihrem Rock bekomme, und wiederholt die Frage: »Was hast du im Zweiten Weltkrieg gemacht?« Im Englischen duzt man sich, aber das Gespräch ist nur scheinbar intim, denn in Rundschreiben hält die Universitätsverwaltung die Professoren dazu an, ihre Bürotüren offen zu lassen, um nicht erpressbar zu sein von Studenten, die, um bessere Noten zu kriegen, vorgeben, sexuell belästigt worden zu sein. Linda zieht die Tür hinter sich zu, in meiner Erinnerung dreht sie sogar den Schlüssel im Schloss, bietet mir trotz Rauchverbots eine Zigarette an und will wissen, ob ich an Geiselerschießungen, Folterungen oder KZ-Gräueln beteiligt gewesen sei. »Mir kannst du vertrauen – ich sag es nicht weiter!« Die Auskunft, bei Kriegsende hätte ich noch in der Wiege gelegen, befriedigt sie nicht.

Liebe Linda,
ich habe vergessen, wie du mit Nachnamen heißt, aber im Nachhinein, nach reiflicher Überlegung, komme ich zu dem Schluss, dass deine Frage berechtigt gewesen ist. 1944 war ich ein Säugling, der an der Mutterbrust nuckelte – meine Mutter hatte so viel Milch, dass sie auch ein Nachbarkind stillte und dafür zusätzliche Lebensmittelmarken bezog. Es stimmt nicht, dass ich von nichts gewusst habe, vom Krieg nichts mitbekam und an allem, was damals passierte, unbeteiligt und deshalb unschuldig war – im Gegenteil. Ich war und bin wie alle Deutschen Opfer und Täter, Akteur und Beobachter, Handelnder und Leidender zugleich: In der Wiege, im Kinderwagen und später im vergitterten Laufstall hielt ich die Fäden des Weltgeschehens in der Hand, das so oder anders hätte verlaufen können, je nachdem an welcher Strippe ich zog. Vielleicht war ich der schwarze GI, der uns Kindern aus der Luke eines Sherman-Panzers Wrigley's Chewing Gum und Hershey's With Almonds zuwarf, meine Lieblingsschokolade, obwohl ich noch keine Backenzähne hatte, um Mandeln zu kauen; ich war der Wetzlarer Kreisleiter der NSDAP und verurteilte einen Rentner zum Tode, der vor dem Einmarsch der Amerikaner ein Bettlaken aus dem Fenster hing; der Gauleiter im Befehlsbunker in Frankfurt, der seinen Untergebenen befahl, Verräter und Defätisten zu hängen, bevor er sich eine Kugel in den Mund schoss; der Volks-

sturmmann, der den Strick auf seine Haltbarkeit prüfte, und der zum Tode Verurteilte, der, statt wegzulaufen, ein Vaterunser betend auf die Hinrichtung wartete. Ich bin mein Vater, der bei der Werksflak von Buderus Dienst tut an im Russlandfeldzug erbeuteten Geschützen der schwedischen Firma Bofors, die maximal 4700 Meter Höhe erreichen, obwohl die aus Halle und Leuna zurückkehrenden Bomber höher fliegen; ich bin der Tambourmajor, der mit klingendem Spiel einen Musikzug von der Spilburg-Kaserne zu den Leitz-Werken führt, wo er unter Linden am Lahnufer antritt, als eine Fünf-Zentner-Bombe niedergeht und die Kompanie, die sich anschickt, Preußens Gloria zu spielen, in Stücke reißt. Ich bin der Führer des Großdeutschen Reichs, der nur zwanzig Kilometer Luftlinie von Wetzlar entfernt im Führerhauptquartier West, Tarnname Adlerhorst, mit zitternder Hand dem Fliegerass-Rudel eine Tapferkeitsmedaille ans Revers heftet, während druckfrische Exemplare von Mein Kampf die Dill und später die Lahn hinabtreiben. Ich feiere Weihnachten in einem in den Berghang getriebenen Stollen, der den Bewohnern der Helgebachstraße als Luftschutzbunker dient; mein Bruder erzählt einen Witz in Anspielung auf Göring, der gesagt haben soll, er wolle Meier heißen, sobald ein Feindflugzeug Deutschland überfliegt, und ich rufe BUMBUMBUM, das Erkennungszeichen von Radio London, zum Entsetzen meiner Mutter, die mir einen Kissenzipfel in den Mund steckt. Und ich bin Elsie Kühn-Leitz, die Tochter des Leica-Fabrikanten, die in Frankfurt im Gefängnis saß, weil sie verfolgten Juden zur Flucht verhalf, und jetzt, eine weiße Fahne schwenkend, den Panzerspitzen der US-Armee entgegengeht, während Ulf, dem Freund meines Bruders, als er von der Schule nach Hause kommt, aus rauchenden Trümmern ein Wecker entgegenrollt, der laut zu klingeln beginnt.

*

ES REICHT, BITTE AUFHÖREN, ruft Linda, drückt ihre Zigarette aus und knöpft sich die Bluse auf. Nein, liebe Linda – so weit sind wir noch nicht, das holen wir später nach! Du wolltest die Wahrheit wissen, keine halben Sachen, die ganze Wahrheit, also schau dir diese Mappe mit Fotos und Texten an, die mein Bruder aus der Wetzlarer Zeitung ausgeschnitten hat!

Donnerstag, 20. Juli 1944. Es herrscht klares, diesiges Wetter mit dünner Bewölkung. In den vergangenen Tagen hat es wegen ständiger Fliegeralarme kaum Ruhe gegeben. Auch heute geht es früh los. Um 9.31 Uhr wird Luftwarnung ausgelöst. Amerikanische Bomber überfliegen das Reichsgebiet, aber das muss für Wetzlar nichts heißen, denn Hauptziel an diesem Tag ist Leipzig. Kurz nach zwölf hören wir von Osten her das Brummen sich nähernder Flugzeuge. Was dann geschieht, steht in einem vertraulichen Bericht der Wetzlarer Schutzpolizei:

»Bei Rückflügen in westlicher Richtung wurde Wetzlar gegen 12.03 Uhr von einem Bomberverband attackiert, bestehend aus zwei Pulks mit je etwa 60 Maschinen. Angriffshöhe 5900 Meter. Es wurden etwa 600 Sprengbomben zu je 200 Pfund in zwei Teppichen abgeworfen, vereinzelt auch größere Kaliber, deren Gewicht nicht feststellbar war, weil sie sofort explodierten. Personenverluste: Gefallen 47, verwundet 103, getötet 3, verletzt 1, vermisst 1, davon Wehrmachtsangehörige gefallen 15, verwundet 22, Obdachlose 350. Die Bombenteppiche hatten die Leitz-Werke als Ziel.«

Horst Detert aus Wetzlar erinnert sich: »Unsere 3,7-cm-Flak lag an der Dill in Erdstellungen. Als Bomber die Hohl überflogen, sahen wir einen roten Feuerball mit weißer Rauchfahne, dann gab es einen Knall. Wir nahmen an, deutsche Jäger hätten ein Flugzeug abgeschossen. Wir hörten das Rauschen fallender Bomben und suchten Deckung. In Sekundenbruchteilen ging alles unter in Krachen und Wummern, Metallsplitter pfiffen durch die Luft. Als der Lärm abebbte, schrie der Entfernungsmesser, ein Obergefreiter aus Stuttgart, ihm sei ein Bein abgerissen worden. Wir transportierten ihn auf einer Trage in die zum Lazarett umfunktionierte Idingschule, wo ihm das Eiserne Kreuz verliehen wurde, bevor er starb. Erst spätabends erfahren wir vom Attentat in der Wolfsschanze und dass der Deutsche Gruß, das Erheben des rechten Arms, befohlen worden ist.«

Walter Konle erlebte den Angriff hautnah: »1944 war ich Lehrling bei der Firma Zanger. Unter der Werkstatt befand sich die Dampfwäscherei Lanzendorf, im Hof lagerten Kohlen. Mittags sollte ich Essen holen am Domplatz, aber der Chef befahl mir, zu warten bis zur Entwarnung. Das waren die letzten Worte, die ich von ihm hörte. Als der Rundfunk feindliche Verbände im Raum Kassel, Gießen, Koblenz meldete, waren die Flugzeuge schon über uns. Ich rannte auf den Hof, die Druckwelle der Detonation warf mich zu Boden. Als ich wieder zu mir kam, lag mein Chef tot auf der Treppe – ein Bombensplitter hatte ihm den Kopf zermalmt. Die Arbeiterinnen der Wäscherei waren tot, mein Kittel zerrissen, aber ich war unversehrt, von Kohlenstaub geschwärzt.«
Gertrud von Loßberg: »Am 20. Juli 1944 war Fliegeralarm. Um 11.45 Uhr gingen wir aus dem Haus und stiegen hinauf zum Tannenwäldchen, wo wir uns sicherer fühlten. Von der Straße her klang das Trommeln und Pfeifen der Heeresmusiker. Ich fragte mich, warum sie während des Luftangriffs musizierten, da rauschten die Bomben nieder in einem kreischenden Inferno von Explosionen, Splittern und Dreck. Mein Mund war voll Erde, aber wie durch ein Wunder hatte ich überlebt.«
Erwin Debus, Aßlar: »Ich schnappte mir ein Fahrrad und fuhr zur Leitzstraße. Der Anblick war grauenhaft. Im Bereich der Starkwiese stand alles in Flammen. Das Gelände war umgepflügt, die Straße

blockiert von Bombentrichtern und umgestürzten Bäumen, über allem hing eine Rauchwolke. Die Soldaten der Musikkompanie waren in den Bombenteppich geraten. Ihre zerfetzten Körper hingen in den Baumresten oder lagen am Lahnufer verstreut. Im Leitz-Werk waren alle Scheiben zerstört, die Normaluhr am Haupttor stand auf zwanzig nach zwölf. Auf dem Rückweg begegnete mir ein Offizier. Ich grüßte vorschriftsmäßig, aber er wies mich an, abzusteigen, und teilte mir mit, ein missglücktes Attentat auf Hitler habe stattgefunden und der Führer habe allen Militärdienststellen den Deutschen Gruß befohlen.«
Adolf Mayer, Wölfersheim: »Ich war Heeresoffiziersanwärter, und weil ich nicht in die Partei eintrat, wurde ich zur Unteroffiziersschule nach Wetzlar strafversetzt. Nach der Entwarnung sind wir sofort runter in die Stadt. Noch heute habe ich das infernalische Bild vor Augen: Das Unterste war zuoberst gekehrt, die Bäume zerrissen oder entwurzelt, an allen Ecken und Enden brannte es, überall schreiende Verletzte. Das Gelände war in eine Rauchwolke gehüllt. Wo das Auge hinblickte, zerfetzte Menschenleiber. In einem der Bäume hing an einem ausladenden Ast ein Körper in Tambouruniform; das heißt, es war nur noch der zur Unkenntlichkeit entstellte Oberkörper. Ich bin hochgeklettert und habe ihn unter Gefahr geborgen, damit er würdig bestattet werden konnte.«
Richard Schmitz, Duisburg: »Ich war Ausbilder beim

Tambourcorps der Unteroffiziersschule. Wir waren zwölf Mann, sechs Trommler, fünf Pfeifer und ich. Wir marschierten vorn, hinter uns ein Hauptmann zu Pferd, gefolgt von der jeweiligen Kompanie. Während wir auf die Entwarnung warteten, übten wir verschiedene Lieder. Wir standen im Kreis mit seitlich abgelegtem Gepäck. Es gab ein Krachen und Bersten – dann war ich weg. Kameraden fischten mich später leicht verletzt aus der Lahn. Eine Bombe war zwischen uns eingeschlagen. Elf der zwölf Toten waren meine Schüler. Ich bin der einzige Überlebende des Musikzugs.«

*

Liebe Linda,
du knöpfst deine Bluse wieder zu und sagst, Gewalt sei ein Aphrodisiakum, doch nur in kleinen Dosen, und was ich dir zumuten würde, übersteige dein Einfühlungsvermögen und deine Vorstellungskraft. Alliierte Flugblätter, deren Weitergabe verboten ist, Durchhalteparolen aus Goebbels' Propagandaministerium, Luftbilder deutscher Städte, in die Bomberpiloten und MG-Schützen Zielmarkierungen eintragen, verbrannte Waggons und zerborstene Gleise am Verschiebebahnhof in Wetzlar, durch den keine Räder mehr rollen für den Sieg, mit Wasser gefüllte Bombentrichter und verkohlte Äste, in denen Körperteile und Uniformfetzen hängen – so genau wolltest du es nicht wissen, obwohl es im

Vietnam- und Koreakrieg ähnlich zugegangen sein muss.
Hör zu, Linda, du bist die Klassenbeste meines Creative-Writing-Seminars, schreibst Kurzgeschichten und Gedichte, du willst Schriftstellerin werden und vielleicht interessiert dich, was Quintilian, ein Lehrmeister der antiken Rhetorik, zu diesem Thema zu sagen hat, ich zitiere: »Ohne Zweifel drückt die Nachricht, dass eine Stadt erobert worden ist, alles aus, was ein solches Ereignis mit sich bringt, aber sie dringt, der Kürze wegen, nicht tief genug ins Gemüt ein. Wenn du aber das, was in den Worten verschlossen lag, öffnest, erscheinen die durch Häuser und Tempel züngelnden Flammen, der Lärm der einstürzenden Dächer, und das vielstimmige Geschrei verdichtet sich zu einem einzigen schrillen Ton; Frauen und Kinder weinen, und Greise verfluchen das Schicksal, das sie diesen Tag miterleben lässt.«
»Aufhören, bitte aufhören!«
»Ich bin noch nicht fertig«, sage ich zu der Studentin, die sich mit zitternder Hand, wie Hitler bei der Ordensverleihung an Rudel, einen Joint dreht, obwohl Konsum oder Verkauf von Drogen auf dem Campus verboten ist – Zuwiderhandelnde verlieren den Studienplatz.
»Hör zu!«
Montag, 9. Oktober 1944. In Wetzlar herrscht trübes Wetter. Wer kann, isst ein Eintopfgericht zu Mittag. Zur selben Zeit starten von Knettishall und weiteren

Feldflugplätzen in Südengland 384 B-24-Liberator-Bomber der zweiten Bombardment-Division der achten US-Air-Force zum Feindflug nach Deutschland, begleitet von 295 Mustang-Jägern mit dem Auftrag, den Angriffsweg über dem Reichsgebiet freizuschießen. Ziele der 697 Flugzeuge sind die Leitz-Werke, der Bahnhof in Wetzlar und der Flugplatz von Gießen.
Der Start beginnt um 10.59 Uhr. Um 12.08 Uhr sind alle Maschinen in der Luft und nehmen Kurs aufs Festland, um die Goethestadt vom Erdboden zu tilgen. Ostende liegt unter einer dichten Wolkenschicht, die Rheinmündung wird in großer Höhe überflogen. Im gesamten Reichsgebiet wird Luftalarm ausgelöst, so auch in Wetzlar um 13.10 Uhr. Hätte der Bomberverband wie vorgesehen seine gesamte Ladung – 3276 Sprengbomben und 185 Tonnen Stabbrandbomben – auf Wetzlar abgeworfen, wäre die Stadt in Schutt und Asche versunken, ich wäre in der Wiege verbrannt oder mit Eltern und Geschwistern im Bombenhagel ums Leben kommen – die Helgebachstraße liegt nur anderthalb Kilometer von den Leitz-Werken entfernt.
Gegen 15 Uhr überfliegt der Bomberverband den Rhein über einer geschlossenen Wolkendecke, die, soweit das Auge reicht, den Piloten die Sicht nimmt. Dem Verbandsführer ist das Risiko zu groß, er bricht den Angriff ab und befiehlt, als Ausweichziel Koblenz anzusteuern. 29 Minuten lang greifen die schweren Maschinen bei schwacher Gegenwehr in immer

neuen Wellen an, die Innenstadt von Koblenz verglüht in einem Feuersturm und muss nach dem Krieg komplett neu aufgebaut werden.
In Wetzlar, das sein physisches Überleben dem Wetter verdankt, hat man von alldem nichts mitgekriegt. Um 15.55 Uhr folgt die Entwarnung, und auf einem Spaziergang am Lahnufer findet meine Mutter zwei von Alliierten abgeworfene Flugblätter, die, unter Wäschestapeln versteckt, den Krieg überdauern, obwohl oder weil auf ihre Weitergabe die Todesstrafe steht.
»WARNUNG! Präsident Roosevelt an das deutsche Volk: Während wir kämpfen, wütet in Europa und Asien das Schreckensregiment der Nazis und Japaner. Wo immer sie ihre Herrschaft errichten, haben sie unschuldige Polen, Tschechen, Norweger, Holländer, Dänen, Franzosen, Griechen, Russen, Chinesen in Massen hingemordet. Die Massaker von Warschau, Lidice, Charkow und Nanking sind krasse Beispiele dieser Morde. Eins der furchtbarsten Verbrechen, das die Geschichte zu verzeichnen hat, ist die massenweise, systematische Abschlachtung der Juden in Europa. Die Nazis haben schon vor dem Krieg mit diesem Verbrechen begonnen; während des Krieges haben sie es vertausendfacht.«
»Märchenhafter Großangriff: Kürzlich meldete die deutsche Propaganda, beim Angriff der Luftwaffe auf Southampton seien über 2000 Tonnen Bomben abgeworfen worden. In Wirklichkeit haben die auf

Southampton abgeworfenen Bomben nur sechs Personen getötet, und zwar durchweg Zivilisten. Jedes dieser Opfer hätte demnach 300.000 kg Bomben gekostet. Warum setzt man Euch solch faustdicke Lügen vor? Um darüber hinwegzutäuschen, dass die Luftwaffe, die an der Ostfront gegen russische Arbeiter und Bauern kämpft, keine Großangriffe gegen England mehr fliegt, während die Royal Air Force wuchtige Vergeltungsschläge gegen Kiel, Bremen, Köln, Düsseldorf und die besetzten Gebiete im Westen führt.
Versäumen Sie nicht, am Dienstag 19.45 Uhr den Deutschlandsender einzuschalten! Um diese Zeit spricht Herr Hans Fritzsche vom Propagandaministerium, und um 22 Uhr setzt sich Sefton Delmer mit dem Ministerialdirigenten auseinander. Sie haben Gelegenheit, beide Seiten zu hören, um sich ein eigenes Urteil zu bilden.«
Wetzlar, 27. März. Dr. Friedmann Pitzer erinnert sich: »Wir waren die letzte deutsche Einheit vor dem Feind. Vormittags wurde es warm, und wir zogen unsere Uniformjacken aus. Am Eingang zur Hermannsteiner Straße hatten sich Fahnenjunker mit Panzerfäusten eingegraben. Da wir über Kampferfahrung verfügten, forderten wir sie auf, die Schützenlöcher zu verlassen, sonst würden sie von Sherman-Panzern überrollt und plattgemacht.«
Martha Valentin, Blasbach: »Am Morgen des 27. März marschierte unsere Kompanie nach Hermannstein,

um dort eine Panzersperre zu errichten. Vom Batterieführer, einem Leutnant, wurde ich angewiesen, Essen zur Panzersperre zu bringen. Dazu kam es nicht mehr. Als der Leutnant die Fahnenjunker zusammenrief, um Weisungen zu erteilen, wurde er von einer Panzergranate getroffen. Es gab Tote und Verwundete. Die Gefallenen wurden auf dem Friedhof in Hermannstein beigesetzt, die Verwundeten nach Blasbach gebracht. Auf dem Weg dorthin erlagen vier Soldaten ihren Verletzungen. Andere kamen ins Notlazarett in der Naunheimer Schule. Dort trafen wir unseren Oberfähnrich, der nur leicht verletzt worden war. Zugunsten seiner Kameraden verzichtete er auf eine Tetanusspritze – Verbandszeug und Medikamente waren rar – und starb kurz darauf am Wundstarrkrampf. An diesem Tag sah ich zum ersten Mal einen Neger. Er war freundlich und bot mir eine Zigarette an. Ich sagte ihm, dass ich Nichtraucherin bin, und er gab mir ein Stück Schokolade.«

Wetzlar, 27. März. NSDAP-Kreisleiter Wilhelm Haubold fährt in der Annahme, der US-Einmarsch stehe unmittelbar bevor, mit dem Motorrad nach Bieber. An der Stadtgrenze kommen ihm drei Volkssturmmänner auf Fahrrädern entgegen. Er erklärt, Wetzlar sei von Amerikanern besetzt, und fordert sie zur Umkehr auf. Ein Augenzeuge berichtet: »Haubold fuhr vor uns her. An der Panzersperre holten wir ihn ein. Als ich hielt, sagte er zu mir: ›Haltet den Mann fest!‹ Der Mann rannte weg, ich lief hinter ihm her. Haubold rief mir zu: ›Knall ihn ab!‹ Ich zog langsam die Pistole und schoss mit Absicht an dem Fliehenden vorbei. Als ich mich zu ihm umdrehte, stampfte Haubold mit dem Fuß auf und schrie: ›Warum legst du ihn nicht um!‹ Der Mann entkam. Er hieß Otto Bepler, ein Landwirt aus Garbenheim, der an der Panzersperre vor seinem Haus ein Bettlaken aufgezogen hatte.«

13.00 Uhr. Versprengte Fahnenjunker durchkämmen die Stadt nach Fahrrädern, um den Amerikanern entgegenzufahren. In einem Hausflur an der Geilbergstraße finden sie ein Pappschild mit der Aufschrift: »Erbitte Schutz für mein Haus. Wir sind keine Nazis und grüßen die Befreier!« Der fünfundsechzigjährige Ernst-Jakob Sauer, Registrator bei Buderus, gibt auf Befragen zu, das Schild beschriftet zu haben.

Zwei Fahnenjunker nehmen Sauer fest und übergeben ihn einem Unteroffizier namens Kreutz mit der Weisung, Sauer dem Kampfkommandanten zu überstellen, einem General, der soeben seinen Befehlsstand im Kalsmuntbunker verlässt. Der Unteroffizier schildert den Sachverhalt, aber der General hört nur mit halbem Ohr zu. Er hat andere Sorgen. Auf Bitten von Sauer wird dessen Ehefrau aus dem Bunker geholt und entschuldigt sich für das Verhalten ihres Mannes, das sie auf geistige Verwirrung zurückführt. Der General verweist sie an seinen Adjutanten, Major Schimpff, der sich für Zivilpersonen unzuständig erklärt und der Sache keine Bedeutung zumisst. Zu dieser Zeit werden an mehreren Punkten der Stadt weiße Fahnen geschwenkt. Unterdessen steht Sauer unschlüssig vor dem Bunker herum, statt sich in die Büsche zu schlagen, wie ein Wachposten ihm rät. Auch später, auf dem Weg durch die Stadt, wo es ein Leichtes gewesen wäre, macht er keine Anstalten, zu fliehen, obwohl die Polizei es ablehnt, ihn einzusperren, weil alle Arrestzellen belegt sind.

Um fünf Uhr nachmittags kehrt Kreisleiter Haubold nach Wetzlar zurück und versucht vergeblich, den Gauleiter von Hessen, Julius Sprenger, in Frankfurt am Main zu erreichen. Als das nicht gelingt, entlässt er Kreutz mit den Worten: »Herr Unteroffizier, ich danke Ihnen – bringen Sie mir noch mehr solche Elemente!« Er lässt sich einen Strick geben, den er auf seine Festigkeit prüft, und befiehlt, Sauer, der nach wie vor unbewacht herumsteht, zu fesseln, mit den Worten: »Ehe ich abtrete, nehme ich einen Verräter mit in den Tod!«

Über Feldtelefon kommt die Verbindung zu Gauleiter Sprenger zustande, der sich mit einer SS-Staffel in Romrod am Vogelsberg verschanzt hat. Das Gespräch hat folgenden Wortlaut.

Haubold: Bitte um Genehmigung, einen Schuft zu hängen, der ein Schild gebastelt hat mit der Aufschrift: »Bin kein Nazi, begrüße die Befreier!«

Gauamtsleiter Wagner: Bleib am Apparat. Das Standgericht tagt und behandelt den Fall.

Wagner (nach fünf Minuten): Vollstrecke das Urteil und melde Vollzug! Augenblick noch, der Gauleiter will dich sprechen!
Sprenger: Hängt das Schwein auf mit einem Schild, dass es allen Verrätern so ergeht. Und verteidigt Wetzlar bis zur letzten Patrone!
Haubold: Jawohl, Gauleiter, bis zur letzten Patrone!
Während ein Volkssturmmann ihm den Strick um den Hals legt, betet Sauer laut das Vaterunser. Haubold befragt ihn, ob er das Schild eigenhändig beschriftet hat. Als Sauer bejaht, nimmt er dessen Brieftasche sowie Wertsachen entgegen und übergibt sie dem Volkssturm, zu treuen Händen, wie er sagt. In der Gerichtsakte wird die Hinrichtung so beschrieben: »Sauer verhielt sich ruhig und leistete keinen Widerstand. Drei Volkssturmangehörige befestigten den Strick an einem Ast. Dann hoben sie Sauer hoch und ließen ihn in die Schlinge fallen. Zwei Stunden später hat der Kreisleiter der NSDAP, Wilhelm Haubold, Wetzlar für immer verlassen. Seitdem fehlt von ihm jede Spur.
Als ich von der Mappe aufblickte, war Linda eingeschlafen. Der glimmende Joint war ihr aus der Hand geglitten und verursachte einen Schwelbrand, der mir Tränen in die Augen trieb; erst als Flammen aufloderten, begriff ich den Ernst der Lage. An- und abschwellende Alarmsignale waren zu hören, die Sprinkleranlage schaltete sich ein, auf Linda und mich ging eine kalte Dusche nieder. Wir hatten

Glück im Unglück: Sex im Büro galt als Kavaliersdelikt, Rauchen aber als Todsünde. Obwohl oder weil ich die Verantwortung auf mich nahm, kam ich mit einer Rüge davon. Linda wechselte das Studienfach, sattelte von kreativem Schreiben auf Business Management um und verdiente mehr Geld mit Werbung für Tampons, als Kurzgeschichten und Romane ihr je hätten einbringen können.

*

Die Sache hatte ein Nachspiel. Damit meine ich nicht den 1990 von spielenden Kindern entdeckten Blindgänger im Flussbett der Dill, eine Zehnzentnerbombe, die bei dem Versuch, ihren Langzeitzünder zu entschärfen, detonierte und den Sprengmeister sowie einen Feuerwehrmann in den Tod riss. Ich meine etwas anderes.
26. Oktober 1956, Bonn-Kessenich. Ich sitze am Schreibpult, das in meiner Erinnerung so klein ist, als sei es nicht mal zum Briefeschreiben geeignet, mache Hausaufgaben, zeichne kämpfende Piraten und dichte ein Theaterstück mit dem Titel Weihnachten 457, in dem ein Römer, ein Gote, ein Hunne und eine blonde Germanin auftreten. Die letzten Ruinen sind aus dem Stadtbild verschwunden, und statt FEIND HÖRT MIT, RÄDER MÜSSEN ROLLEN FÜR DEN SIEG oder STALIN, FREUND DES DEUTSCHEN VOLKES ruft Altkanzler Adenauer unter dem Motto KEINE EXPERIMENTE für die

CDU zur Stimmabgabe auf. Zum zwölften Geburtstag hat man mir ein Radio der Marke Telefunken Jubilate geschenkt mit weißen Tasten für UKW, Mittel- und Langwelle, mit dem ich abwechselnd die Hitparade von Radio Luxemburg und Nachrichten aus Budapest höre, wo Sowjetpanzer den Ungarnaufstand niederwalzen. Das Rasseln von Panzerketten dringt aus dem Lautsprecher, übertönt von Polizeisirenen, und Chris Howland gibt die Hitparade des Monats bekannt: Heartbreak Hotel und Blue Suede Shoes von Elvis Presley, Just Walking in the Rain von Johnny Ray, Only You und The Great Pretender von den Platters. Die Hits, die mich in die Pop-Musik initiiert haben, See You Later Alligator, Sixteen Tons und Blueberry Hill liegen abgeschlagen auf hinteren Plätzen. Ich bin ein schlaues Bürschchen, kein Musterschüler, aber redegewandt und sprachbegabt: Ich kenne die Weltliteratur, bilde ich mir ein, denn ich habe die Illustrierten Klassiker abonniert und alle Hefte gelesen, von Macbeth bis zur Meuterei auf der Bounty, von Oliver Twist bis Dr. Jekyll and Mr. Hyde. Im Konfirmationsunterricht habe ich das evangelische Glaubensbekenntnis auswendig gelernt, in dem von Gottes eingeborenem Sohn die Rede ist, und ich frage mich, warum Gott einen mit Lendenschurz bekleideten Eingeborenen losschickt, statt selbst in das Geschehen einzugreifen und den Sowjetpanzern Einhalt zu gebieten in den Straßen von Budapest.

So war der Stand der Dinge, als ich ein Geräusch hörte, wie ich es nie zuvor vernommen hatte: Die Luft war erfüllt von fernem Sirren, das in immer schriller werdendes Pfeifen, Rauschen und Dröhnen überging, bevor es sich berstend und krachend entlud. Als ich, vom Schreibtisch aufblickend, ans Fenster trat, trudelte ein Kampfjet, oder war es eine abgebrochene Tragfläche, über das Dach des Nachbarhauses und schlug in ein angrenzendes Schrebergartengelände ein. Nicht auszudenken, was passiert wäre, wenn –

Als der Staub sich gelegt hatte, rannte ich mit meinen Spielkameraden zur Absturzstelle, einem drei Meter tiefen Krater, aus dem ich ein glühendes Metallteil barg, das monatelang als Souvenir auf meinem Schreibtisch lag, bevor es beim nächsten Umzug spurlos verschwand.

Was war passiert? Zwei britische Kampfjets des Typs Meteor waren in zweitausend Metern Höhe bei einem Übungsflug im Luftraum von Bonn kollidiert. Die Piloten konnten sich mit Schleudersitzen retten. Eine Maschine stürzte auf unbebautes Gelände bei Bonn-Kessenich, die andere durchschlug das Dach der Süßwarenfabrik Kessko in Beuel. Der Flügel des Kampfjets riss ein klaffendes Loch in die Decke der Werkshalle, Stahlträger barsten, Türen und Fenster wurden aus den Rahmen gepresst, eine Nussröstmaschine mitsamt dem Gebläse zerstört. Ein sechzig Pfund schweres Eisenteil traf die Universitätsmensa in der Nassestraße. Allein der bei Kessko verursachte Schaden wurde auf 200.000 Mark geschätzt, der Gesamtschaden in Bonn, wo weitere Wrackstücke niedergingen, auf eine Million. Bis auf eine junge Mutter, die mit ihrem Kind im Arm aus einem im ersten Stock gelegenen Fenster sprang, wurde niemand verletzt.

Noch heute erinnert ein Rad der Air-Force-Maschine an die Absturzstelle. Helmut Kessler, der Firmeninhaber, ließ es dort, wo die Tragfläche das Dach durchschlagen hatte, als Mahnmal anbringen. Wing-Commander Porter, Stabschef der in Köln-Wahn stationierten 83. Einheit der Royal Air Force, entschuldigte sich bei den Bürgern von Bonn mit den Worten: »In Zukunft bemühen wir uns, den Luftraum über der Stadt bei Übungsflügen zu meiden.«

ICH HABE IHN GELIEBT

»Let us now praise famous men …«
James Agee

Ich hatte mir vorgenommen, nie zu vergessen, wie mir zumute war, als ich mit roten Ohren Hauffs Märchen las, besonders der an den Mastbaum genagelte Kapitän des Gespensterschiffs jagte mir Angst ein oder die in Glasbehältern pochenden Herzen in der Geschichte vom Kalten Herz, nicht zu vergessen Gepäckschein 666 und Die Jungen der Paulstraße, Kidnapped von Robert Louis Stevenson, Der Schatz im Silbersee und andere Karl-May-Romane, die mein Blut in Wallung brachten: Zepter und Hammer Auf fremden Pfaden Der Waldschwarze Aus dunklem Tann. Die Helden meiner frühen Jahre hießen Akim und Sigurd, aber auch Jan Bock und Peter Prinz, keine gleichaltrigen, sondern ältere Freunde, zu denen ich aufblickte, weil sie ferne Länder gesehen und Dinge erlebt hatten, von denen ich nur träumte: Jan Bock war als Schiffsjunge nach New York gesegelt und brachte winzige Schwarzweißfotos mit vom Empire State Building Times Square Fifth Avenue, die ich in ein mit Ostseemuscheln verziertes

Fotoalbum klebte, in Belém am Amazonasdelta besuchte er den Ver-o-peso-Markt und hatte Sex mit einer Prostituierten, die kein Geld von ihm verlangte, und Peter Prinz war Goldschmied von Beruf, lebte in einer Gartenhütte, malte und musizierte auf der Bassklarinette und einem selbstgebauten Sopransaxophon. Ganz zu schweigen von Hanno Schütt, Europameister über 400 Meter, der auf der Schulbank neben mir saß – aber ich will die Geschichte von Anfang an erzählen.

Ja, ich habe ihn geliebt, ich habe Hanno geliebt, nicht körperlich, obwohl auch bei Männerfreundschaften physische Anziehung eine Rolle spielt, sondern geistig und emotional, aber das stimmt so nicht ganz, die Arbeitsteilung funktionierte anders, denn während Hanno in der Unter- und Obersekunda, Unter- und Oberprima auf der Schulbank neben mir saß, zitternd wie ein Rennpferd, dessen nervöses Zucken sich auf Tische und Bänke übertrug, weil er früh am Morgen schon zwei Stunden Lauftraining im Godesberger Stadtwald hinter sich hatte, Leichtathletik mit Lockerungsübungen, Kniebeugen und Liegestütz, während Hanno also mit bebenden Muskeln neben mir saß, in Schweiß gebadet, der süß und nicht sauer roch, erledigte ich die Hausaufgaben für ihn, schrieb Deutschaufsätze, übersetzte Caesar Tacitus Horaz Vergil, und er schob mir Spickzettel mit algebraischen Gleichungen zu, vor denen ich ratlos stand wie der Ochs vorm Berg – das war die Ar-

beitsteilung zwischen uns. Ich fühlte mich körperlich zu ihm hingezogen, während Hanno meinen Geist bewunderte und, lange bevor ich mein erstes Buch veröffentlichte, ein Vorbild in mir sah. Er las Bücher, die ich ihm empfahl, doch ich bin mir nicht sicher, ob er sie wirklich gelesen hat, zumindest kaufte er alles, was ich ihm anpries, Kafkas Prozess, Brechts Geschichten vom Herrn Keuner, Rilkes Malte Laurids Brigge und, man höre und staune, das Gesamtwerk von Freud, das nach Hannos Tod in meinen Besitz überging. Auch die Marx-Engels-Auswahl des Dietz Verlags, zwei blaue Bände, gehörten zum Grundbestand seiner Bibliothek, wenn man eine mit Büchern und Platten gefüllte Schrankwand so nennen will, Erich Kästners Gedichte und Leni Riefenstahls Fotos von der Olympiade 1936, an der sein Trainer Schlund als Zehnkämpfer teilgenommen hatte – oder war er Speerwerfer gewesen?
Hanno war Leichtathlet, 180 cm groß und nur 67 Kilo schwer, wie Wikipedia schreibt, als er 1962 als Mitglied der 4×400-Meter-Staffel die Europameisterschaft gewann mit Kindermann als Schlussläufer, zwei Jahre später bei der Olympiade in Tokio reichte es nur zum dritten Platz, weil Stasi-Funktionäre den DDR-Sportlern gemeinsames Training mit Sprintern aus der BRD verboten, so dass sie die Stabübergabe heimlich üben mussten, es war der letzte Auftritt einer gesamtdeutschen Staffel, danach gingen DDR und BRD mit getrennten Mannschaften

an den Start. Doch der Flaggenstreit um das Hissen der »Spalterfahne« mit Hammer und Zirkel oder das Absingen der von Johannes R. Becher gedichteten DDR-Hymne wurde erst Jahre später beigelegt, als die Entspannungspolitik und später die Maueröffnung die Folgen der Teilung überwanden. Damals reiste Hanno, zwanzig Jahre nach dem Ende seiner Karriere als Leistungssportler, laborierend an den Nachwirkungen eines Autounfalls, den nicht er verursacht hatte, nach Berlin und reihte sich unter die Mauerspechte ein, die den Beton in Stücke zerlegten und in Asbestwolken gehüllt, Freudentänze auf der Mauer vollführten. WIR SIND DAS VOLK, nein: WIR SIND EIN VOLK, der Mauerfall brachte seine eigene Poesie hervor, dass ich das noch erleben darf, WAHNSINN, und im Freudentaumel verlor Hanno Schütt, der nicht nur ein genialer Sprinter, sondern auch Hürdenläufer und Weitspringer gewesen war, das Gleichgewicht und stürzte von der Mauer am Brandenburger Tor, so wie er mehr als einmal die Kellertreppe seines Hauses in Königsdorf bei Köln heruntergefallen ist: Gleichgewichtsstörungen als Spätfolgen des Unfalls von 1970, aber zum Glück nichts gebrochen, nur Prellungen und blaue Flecken, denn Hanno hatte harte Knochen, bevor der Abbau seiner Kräfte begann, eine sich beschleunigende Spirale, die abwärts führte, immer tiefer hinab, bis das nervöse Rennpferd von einst als Invalide am Tropf hing, unfähig, sich zu bewegen, mit Magensonde künstlich ernährt, hilflos ausgeliefert Ärzten Pflegern Schwestern, mit denen er zu flirten versuchte, bis auch das nicht mehr ging und er nur noch ein Häufchen Elend war, HOLT MICH HIER RAUS, stöhnte Hanno mit vergehender Stimme, nachdem er die Verfügungsgewalt über sein Leben seiner Ex-Geliebten überschrieben hatte, einer kettenrauchenden Furie, die seine Entmündigung notariell beglaubigen ließ.

Hanno war 180 cm groß und wog gerade mal 67 Kilo, er hatte kein überflüssiges Fett am Leib, schien nur aus Muskeln, Sehnen und Knochen zu bestehen und, wie wir alle, zu siebzig Prozent aus Wasser, das er beim Training ausschwitzte und seinem Körper wieder zuführte in Form von Gerolsteiner, Fachinger und Orangensaft Marke Hohes C, der griffbereit auf der Rückbank seines Volvos lag – das Adjektiv naturtrüb stammt aus späterer Zeit, und Bierflaschen gehörten noch nicht zur Grundausstattung der jungen Generation. Hanno fuhr einen Buckelvolvo, mit dem er in fünf oder sechs Stunden von Bonn nach Lenzerheide bretterte, wo seine Eltern ein Chalet besaßen, oder nach Westberlin, zeitraubende Kontrollen an der DDR-Grenze mitgerechnet, bei denen Vopos seinen Kofferraum und sein Gepäck durchwühlten und statt staatsfeindlicher Schriften nur nach Fußschweiß stinkende Socken und Adidas-Schuhe mit Spikes zutage förderten. Obwohl er sich im Zweifelsfall nicht an die Verkehrsregeln hielt, Überholverbote

wie Tempolimits ignorierte und Ampeln, die auf Rot sprangen, im letzten Moment überfuhr, wurde Hanno nur selten auf frischer Tat ertappt und noch seltener zur Zahlung eines Bußgelds verurteilt oder zum Entzug des Führerscheins, weil er west- und ostdeutsche Polizisten in Gespräche verwickelte, die mit Bert Brecht begannen und bei der 400-Meter-Staffel in Tokio endeten. »Brecht schreibt, ein guter Autofahrer sollte das vor ihm fahrende Fahrzeug genauso im Auge behalten wie das hinter ihm«, sagte er, als habe der Autor der Dreigroschenoper Ratgebertexte für Autofahrer verfasst, »Sie kennen doch Bertolt Brecht – oder nicht?« Dann kam er auf die eingebaute Induktionsschleife zu sprechen, mit deren Hilfe Verkehrsampeln in Sekundenbruchteilen von Grün auf Gelb schalten oder von Gelb auf Rot, und von da auf die 4×400-Meter-Staffel bei der Olympiade in Tokio – »das Wort gesamtdeutsch hören Sie nicht gern, ich weiß, aber ich habe mit Kindermann und Reske die Staffelübergabe geübt«, und so weiter, bis Vopos und westdeutsche Polizisten ihn durchwinkten, genervt und geschmeichelt zugleich, denn Spitzensportler waren in beiden Deutschlands beliebt.
Vor mir liegt oder vielmehr steht ein Schwarzweißfoto, silbern gerahmt und von Hanno Schütt persönlich signiert, das seine Lebensgefährtin mir nach seinem Tod aus Frechen nach Berlin geschickt hat. Auf dem Foto ist er auf dem Höhepunkt seiner Karriere zu sehen – nicht bei der Olympiade in Tokio, denn

statt des Outfits der Olympiamannschaft trägt er ein schwarzes oder dunkelblaues Hemd mit dem Logo des ASV, dazu die damals üblichen, knapp sitzenden Turnhosen, unter denen sich die Muskeln seiner Oberschenkel abzeichnen, die rechte Hand hochgereckt mit erhobenem Zeigefinger, den linken Arm abgewinkelt und die Finger gespreizt, als erwarte er die Übergabe eines Staffelstabs, aber das stimmt so nicht, weil er nicht bloß tief durchatmet, sondern hyperventiliert, sein Mund steht offen wie bei einem aus dem Wasser gezogenen Fisch, der mühsam nach Luft japst, der Brustkorb ist gebläht und die Armmuskeln treten plastisch hervor, es scheint ein Endspurt zu sein, der Höhepunkt eines 100- oder 400-Meter-Laufs, beim Leichtathletik-Turnier in Belgrad vielleicht, wo Hanno Europameister über 400 Meter wurde und anschließend in der Klasse II A b des Beethovengymnasiums Besuch von Journalisten bekam, sein Foto wurde im *Bonner Generalanzeiger* abgedruckt, nein, das ist ein anderes Foto, auf dem ich feixend zwischen Erhard Ney und Gerhard Lauterkorn mit Hanno auf der Schulbank zu sehen bin.

»Niemand hat die Absicht, eine Mauer zu errichten«, hatte der Staatsratsvorsitzende der DDR und Erste Sekretär der SED vor der versammelten Presse erklärt, als wir im Sommer 1961 eine vom Bundesministerium für gesamtdeutsche Fragen subventionierte Klassenfahrt unternahmen und unter Führung unseres Deutschlehrers, der später als NS-Täter entlarvt und aus dem Schuldienst entlassen wurde, das Brandenburger Tor durchschritten, misstrauisch beäugt, aber nicht behindert von an der Demarkationslinie aufmarschierten DDR-Grenzern und Westberliner Schupos. Wir besichtigten das Pergamon-Museum und besuchten eine Aufführung des Berliner Ensembles, Der Messingkauf, vielleicht war es auch Die Gewehre der Frau Carrar, verglichen die Propagandabroschüren der DDR mit den Statistiken des Gesamtdeutschen Ministeriums und wohnten in einem Schülerheim nicht weit vom S-Bahnhof Grunewald, aus dem Tausende Berliner Juden, an die noch keine Bronzetafel erinnerte, nach Auschwitz deportiert worden waren, und duschten morgens oder abends in einer Gemeinschaftsdusche, wo es passiert sein muss: Hanno bat mich, ihm den Rücken einzuseifen, und während ich das tat, während ich ihn einseifte mit Duschgel oder Shampoo, mit dem Badetuch trockenrieb und seine Rückenmuskeln massierte, lächelte er mich über die Schulter hinweg an mit schelmischem Augenaufschlag, und in dieser Sekunde war es geschehen um mich: Ich war verrückt nach ihm, bereit, alles zu tun, was er von mir verlangte, ich gierte nach Unterwerfung, und wie vom elektrischen Schlag getroffen wich ich von ihm ab und zog mich in meine Bettkoje zurück, den Kopf im Kissen vergraben, um den Geruch seiner Socken nicht einzuatmen, der mich wider Willen erregte, über mich selbst erschrocken angesichts der Abgründe, die sich auftaten in mir, und wie ein verliebter Backfisch, der sich durch Erröten verrät, mied ich meinen Freund Hanno und redete tagelang kein Wort mehr mit ihm.

War Hanno Schütt dein bester Freund? Mehr als das, er war mein Alter Ego und verkörperte all das, was ich nicht war und nie sein würde, ein Sonnyboy und erfolgreicher Leichtathlet, der Medaillen scheffelte, kitschige Trophäen und Siegesurkunden überreicht bekam, dazu ein Schürzenjäger und Homme à femmes, dessen erotische Ausstrahlung auch auf mich wirkte, einer, der nichts anbrennen ließ, wie es damals hieß, ein Womanizer in Wildlederjacke und Levi's-Jeans, dazu hellbraune Slippers und Polohemden von Lacoste, ein Playboy, der wie Elvis Gitarre spielte und weibliche Teenager mit seinem Hüftschwung um den Verstand brachte, Sohn reicher Eltern mit Villa in Bad Godesberg, der im Buckelvolvo zur Schule fuhr mit Dextro-Energen und Toblerone im Handschuhfach – Ritter Sport gab es noch nicht, nur mit Vanillepudding gefüllte Teilchen, die ich während des Unterrichts beim Bäcker besorgte, was mir eine Eintragung ins Klassenbuch eintrug, als der Schulleiter Dr. Grenzmann mich auf frischer Tat ertappte.

Der Vater von Hanno war Bauingenieur und kam aus dem Westerwald, Dipl.-Ing. Schütt war streng katholisch und hatte an der TU in Berlin studiert, wo da-

mals Konrad Zuse, der Erfinder des Computers, mit einem K Eins genannten Rechner experimentierte, der sich wie ein Lindwurm durch die Zimmer seiner Etagenwohnung in Charlottenburg wand, während Dipl.-Ing. Schütt einer elf Jahre jüngeren Frau den Hof machte, deren Familie aus Argentinien stammte, stramme Nazis wie viele Auslandsdeutsche, und im Sommer 1942 in Berlin seinen Sohn Hanno zeugte, auf Heimaturlaub von der Ostfront, wo Dipl.-Ing. Schütt Start- und Landebahnen für Stukas, Ju 52 und Messerschmidt-Jäger baute oder von zwangsverpflichteten Russen bauen ließ. Von Sklavenarbeitern sprach man nicht, lieber von Partisanen, die aus dem Hinterhalt, in flagranter Verletzung der Haager Landkriegsordnung sowie der Genfer Konvention, Baustellen überfielen, Betonpisten sprengten und durch die Taiga geschlagene Schneisen zerstörten. Das war im Juni 1942, ein Jahr nach Hitlers Überfall auf Stalins Sowjetunion, die Panzerspitzen der Wehrmacht standen nicht mehr vor Moskau, der Vormarsch war ins Stocken geraten, und was als Blitzkrieg begonnen hatte, in dem der Sieg der Wehrmacht nur eine Frage der Zeit zu sein schien, endete als planloser Rückzug, der im Schnee der Tundra, im Eis der Newa, im Schlamm der Wolga und im gefrorenen Boden von Stalingrad stecken blieb.
Nach Kriegsende besann Dipl.-Ing. Schütt sich auf seine katholischen Wurzeln, zog sich mit Frau und Kindern in den Westerwald zurück und gründete mit

Hilfe alter Kameraden ein Tiefbau-Unternehmen, das bei der Wiederherstellung der zerstörten Infrastruktur lukrative Aufträge zugeschanzt bekam und sich einen Namen machte beim Ausbau der Bundesautobahnen, deren Netz erweitert werden musste, um dem rasant wachsenden Verkehrsaufkommen gerecht zu werden. Hier machte Hanno erste Erfahrungen als Bauleiter und kam bestens zurecht mit den Arbeitern und Angestellten, deren Sorgen und Nöte er kannte und deren Westerwälder Mundart er sprach. Um der Einziehung zur Bundeswehr zu entgehen, meldete er sich in Berlin unter meiner Adresse an, und der Übernahme des Familienbetriebs stand nichts mehr im Weg, weil sein jüngerer Bruder lieber in Kneipen herumhing, als in Hörsälen oder Bibliotheken zu hocken, und das Abitur nur mit knapper Not bestand.

Und dann das: Dipl.-Ing. Schütt, Hannos Papa, sein alter Herr, wie es in der Feuerzangenbowle heißt, deren Kinostart Goebbels verbot und Hitler persönlich genehmigte, nachdem Heinz Rühmann ihm den Film vorgeführt hatte, der Vater von Hanno also rief mich an, 1970 muss das gewesen sein, und eröffnete mir mit vor Aufregung zitternder Stimme, sein Sohn habe einen schweren Unfall gehabt, auf der A2 bei Siegburg sei ein Jaguar mit britischem Kennzeichen über den Grünstreifen gerast, nein, durch die Luft geflogen nach einem waghalsigen Überholmanöver, bei dem der Fahrer die Kontrolle über sein Auto verlor, und wie ein vom Himmel stürzender Meteor auf das Dach des Buckelvolvos geprallt. Der Fahrer des Jaguars war sofort tot, nur Hanno überlebte dank der Karosserie aus Schwedenstahl, doch wertvolle Zeit ging verloren, bis die Autobahnpolizei ihn mit Blechscheren und Schneidbrenner aus dem Wrack befreite und ein Rettungshubschrauber ihn schwerverletzt, mit Gehirnblutung, in die Bonner Universitätsklinik brachte. Dort habe Professor Röttgen, eine Koryphäe der Hirnchirurgie, ihn operiert. »Danach«, sagte sein Vater, Dipl.-Ing. Schütt, »lag Hanno sechs Wochen, in denen sein Leben am seidenen Faden hing, im Koma und ist erst gestern wieder aufgewacht.« Noch wisse man nicht, fuhr er fort, ob das Gehirn auf Dauer geschädigt sei, ob Hanno je wieder leben und arbeiten könne wie zuvor – und das kurz vor dem Examen, wo er doch die Prüfungen und Klausuren für das Ingenieurdiplom gerade erst erfolgreich absolviert hatte.

Dipl.-Ing. Schütt war eine Seele von Mensch, ein müder alter Herr besser gesagt, und was auch immer er im Krieg verbrochen oder unterlassen hatte, zählte nicht angesichts des Unfalls, der ihm den Stammhalter und Stolz der Familie entriss, für immer oder auf Zeit, das würde sich zeigen, und als er seine mühsam aufrechterhaltene Contenance verlor und am Telefon zu weinen begann, wusste ich, schale Trostworte murmelnd, dass eine Grenze überschritten war und beide, Vater und Sohn, nicht mehr lange zu leben hatten.

Aber noch war es nicht so weit. Hanno genas, sofern man aus dem Koma genesen kann, aber der Spitzensportler und Playboy gehörte der Vergangenheit an und kehrte nie wieder ins Leben zurück, so wenig wie sein Vater, der gramgebeugt, enttäuscht und verbittert starb.

Mein Freund Hanno war bis zum Hals in den Styx eingetaucht und kehrte verwandelt zurück, obwohl der Styx ein Fluss ohne Wiederkehr ist und Orpheus zur Salzsäule erstarrt, als er sich nach Eurydike umdreht, die für immer im Hades verschwindet. Oder war es Lot, der auf das brennende Sodom zurückschaut? Doch ich habe mich im Dickicht meiner Metaphern verfranzt, einem minoischen Labyrinth, in das man nur einchecken und nicht mehr auschecken kann.

Hanno lebte noch, er kochte Kaffee, mähte den Rasen, harkte Laub, trug Müll zur Mülltonne, dann kam die Mülltrennung auf, und seine neue Freundin Karin meinte, um den Müll ordnungsgemäß zu entsorgen, müsse Hanno seinen Dr. Müll machen. Dipl.-Ing. Hanno Schütt gründete die Firma Hydro Consult, ein Tiefbauunternehmen, nein: ein auf Be- und Entwässerung spezialisiertes Ingenieurbüro, das nur auf dem Papier existierte und nie einen Auftrag bekommen oder ausgeführt hat. Sein Bruder, von der verwitweten Mutter abgöttisch geliebt und finanziell

versorgt, fuhr den Karren an die Wand, das Firmenvermögen schmolz wie Schnee in der Sonne dahin und das Tiefbau-Unternehmen Schütt verpuffte zu nichts, nachdem das verbliebene Geld in Kuweit oder Saudi-Arabien in den Sand gesetzt worden war – buchstäblich und nicht im übertragenen Sinn.
Äußerlich hatte Hanno sich kaum verändert, er machte Waldlauf im Königsdorfer Forst, Kniebeugen und Luftsprünge, flirtete mit Frauen – besonders eine aus Peru stammende Nachbarin hatte es ihm angetan – und fuhr waghalsiger Auto denn je, aber wer ihn gekannt hatte, sah auf einen Blick, dass er nicht mehr der Alte war. Die Vitalität war dahin, das Urvertrauen, das zum Leben gehört, er litt an Ängsten, die er vor sich und der Lebensgefährtin verbarg, Platzangst in Aufzügen, Höhenangst auf Aussichtsplattformen, dazu Versagensängste, sein Selbstbewusstsein war angeknackst, er wirkte läppisch kindisch fahrig unkonzentriert und war nur noch ein Schatten seiner selbst, eine leere Hülle oder Hülse ohne die Selbstbehauptung, den Siegeswillen, der sein Alleinstellungsmerkmal gewesen war.
Gibt es ein Leben nach dem Tod? Ja, aber das war kein selbstbestimmtes Leben mehr, sondern das Gegenteil dessen, was Kant als Hervorgehen aus selbstverschuldeter Unmündigkeit bezeichnet, auch wenn die Unmündigkeit nicht selbst, sondern fremdverschuldet war, der über den Mittelstreifen fliegende Jaguar traf ihn aus heiterem Himmel, wie es so schön

heißt, ein vom Himmel gefallenes Auto, das sich in der Luft überschlug und aufs Dach des Buckelvolvos krachte. »Damals, als ich gestorben bin«, sagte Hanno einmal, ohne Gefühl für die Absurdität dieser Formulierung und ohne Erinnerung an den Tag, als ein Jaguar mit britischem Autokennzeichen ihn aus dem Raum-Zeit-Kontinuum katapultierte. Die Wochen danach waren, als habe es sie nie gegeben, aus seinem Gedächtnis getilgt, und erst als er aus dem Koma erwachte und seinen am Bett stehenden Bruder erkannte, setzte das Bewusstsein wieder ein. Wie Rudi Dutschke nach dem Attentat musste Hanno alles neu lernen, das Sprechen, das Denken und die Erinnerung, sein Langzeitgedächtnis funktionierte nach wie vor, aber das Kurzzeitgedächtnis war gestört, auf Befragen konnte er nicht mehr sagen, ob, wann oder was er gegessen oder getrunken hatte, er vergaß, die Medikamente zu nehmen, die der Hausarzt ihm verschrieb, und die vorgekochten Speisen, die Karin, genannt Kachel-Karin, weil sie in der Keramikabteilung eines Baumarkts arbeitete, auf dem Herd hinterließ, rührte er nicht an, verfütterte sie an Katzen oder spülte sie herunter im Klo wie das Essen auf Rädern, das ein Pflegedienst an der Haustür ablieferte. Er lag bis mittags im Bett, redete wirr und machte Kachel-Karin das Leben zur Hölle mit seiner Eigenbrötelei. Wutausbrüche und Kräche, wenn er sich bevormundet fühlte, wechselten ab mit vorschneller Versöhnung, dazu Spätfolgen seines Un-

falls, die er verheimlichte, spastische Krämpfe und epileptische Anfälle, Gleichgewichtsstörungen und Stürze von der Kellertreppe, an die er sich hinterher nicht mehr erinnerte.
So lebte er dreißig Jahre dahin, länger als sein erstes, von Erfolgen umstrahltes Leben gedauert hatte. Alles schlug ins Gegenteil um und wurde überschattet von immer ernsteren Gesundheitsproblemen, eine Abfolge grauer Tage, monoton und einförmig, mit vorübergehenden Lichtblicken in Form von Kurztrips zum Bundespresseball, wo er Hans-Dietrich Genscher, dem Architekten der Einheit und Ehrenpräsidenten der Sporthilfe, vorgestellt wurde. Hanno war Mitglied der FDP und arbeitete im Sportausschuss mit, bis die Partei aus dem Landtag flog und Kachel-Karin auszog, weil das Zusammenleben ihr zu stressig war. Doch sie kochte und sorgte für ihn wie zuvor, bis auch das nicht mehr ging und Hanno erst ins Altersheim, dann in eine Klinik eingeliefert wurde und als Anhängsel der Apparatemedizin auf der Intensivstation landete – den Niedergang der FDP, an die er geglaubt und mit der er sich identifiziert hatte, erlebte er nicht mehr, wenigstens das blieb ihm erspart.
Bad Godesberg Köln Bad Eilsen Bad Oldesloe Mehlem Bonn hießen die Stationen seines Kalvarienwegs, der Vergleich mit dem Leiden Christi ist nicht zu weit hergeholt, denn auf jeder Station des Aufstiegs nach Golgatha, ein hebräischer Ortsname, der Galgenberg

oder Schädelstätte bedeutet, warteten neue Qualen auf ihn, nicht nur physischer Schmerz, der von Mal zu Mal schlimmer wurde, sondern auch psychische Foltern: In Bad Eilsen zum Beispiel, wo er, für sündhaft viel Geld mit Knäckebrot und Eckenkäse von Aldi ernährt, aus dem Rollstuhl fiel und eine Lungenentzündung bekam, weil er stundenlang bei offenem Fenster auf eiskalten Fliesen lag, der Notruf nicht funktionierte und die Nachtschwester nicht auf dem Posten war. Oder in Mehlem, wo er den letzten Spaziergang mit mir unternahm, wir tranken Kaffee am Rheinufer und sahen den Schleppkähnen nach, unter denen ich durchgetaucht war in einer kaum noch vorstellbaren Jugendzeit, ein Krankenpfleger aus Ex-Jugoslawien kümmerte sich um ihn, bis auch das zu Ende war, weil sein weiblicher Vormund ohne Rücksprache mit Kachel-Karin einen künstlichen Magenzugang, genannt PEG-Sonde, anbringen ließ. Bei meinem letzten Besuch in der Klinik, nicht weit vom Godesberger Friedhof, wo er beerdigt ist, lag Hanno festgeschnallt in der unteren Etage eines Doppelstockbetts, auf die Seite gedreht, um das Wechseln der Windeln und die Überprüfung der PEG-Sonde zu erleichtern: HOLT MICH HIER RAUS, stöhnte er, das Gesicht in ein Kissen gepresst, das Mund und Nase verstopfte und ihm das Atmen erschwerte, HOLT MICH HIER RAUS, und als ich mich bei den Schwestern beschwerte über die menschenunwürdige Behandlung, die das Selbstbestimmungsrecht des Patienten verletze, hieß es, nach Absprache mit Hannos Vormund habe der Oberarzt es so angeordnet. Das war mein letzter Besuch bei meinem Freund Hanno, und während ich ihm Kamillentee einflößte und Kirschkuchen in den Mund stopfte, hatte ich das schwer abweisbare Gefühl, Mitwisser, ja Mittäter eines Mordes zu sein, für den niemand die Verantwortung übernahm, weil er nicht aus Bosheit, sondern aus Gleichgültigkeit, sozusagen auf dem Dienstweg geschah.

ABSCHIED VON GESTERN

»Eins, zwei, drei, vier Eckstein / Alles muss versteckt sein / hinter mir und vor mir / über mir und unter mir / Gilt es nicht / Eins zwei drei ich komme.« So lautete das erste Gedicht, das ich, lange bevor ich lesen und schreiben lernte, mit geschlossenen Augen aufsagen konnte, das Gesicht der Hauswand oder einem Bauzaun zugekehrt. Das Leben selbst hatte mir den Text beigebracht, aber nein, das stimmt so nicht, denn viel früher, noch bevor ich gehen lernte, nahm mein Vater, den ich Papa nannte, nicht Vati, mich auf den Schoß und rezitierte einen Kindervers, den ich, auf seinen Knien schaukelnd, nachsprach oder mitsang, einen Zauberspruch, dessen Sinn ich damals wie heute nicht verstehe: »Hoppe hoppe Reiter / Wenn er fällt / dann schreit er / fällt er in den Graben / fressen ihn die Raben / fällt er in den Sumpf / macht der Reiter plumps!«
Abgesunkenes Kulturgut, Mitteilungen aus einer Vergangenheit, die es schon in der Kindheit meines Vaters nicht mehr gab, denn während und nach dem Ersten Weltkrieg fuhr man Fahrrad, Motorrad oder Automobil, statt auf Pferden zu reiten, und die Leichen gehenkter Verbrecher oder gefallener Soldaten

wurden nicht von Raben gefressen, sondern in Massengräbern entsorgt. Aber gerade das, was man nicht versteht, prägt sich tiefer als später Gelerntes dem Gedächtnis ein wie der Gesangbuchvers: »Narzissen und die Tulipan / die ziehen sich viel schöner an / als Salomonis Seide«, den unser weißhaariger Volksschullehrer auf der Violine begleitete, nachdem er den Geigenbogen mit Kolophonium eingerieben hatte, ein Buch mit sieben Siegeln für mich wie das Wort »nebst«, das in Hauffs Märchen vorkam und das ich trotz der Erklärung meines Vaters, es sei ein anderes Wort für »und«, nicht verstand.
Vielleicht ist das der Grund, warum die heiligen Bücher vieler Völker, der Talmud, die Bibel, der Qu'ran, die Upanischaden, das I Ging, Homers Ilias und die Sprüche des Konfuzius in altertümlichen, unverständlich gewordenen Sprachen abgefasst sind, in Holz- oder Steintafeln geritzt mit Symbolen, die wie das Runenalphabet oder die chinesische Schrift ursprünglich Orakelzeichen waren, weil das, was der Hörer oder Leser unmittelbar versteht, die Phantasie weniger anregt als ein Geheimcode, der mühsam entschlüsselt werden muss. So kommt es, dass ich schon in meiner Jugend schwer verständliche Bücher las, Thomas Manns Zauberberg, Musils Mann ohne Eigenschaften, Kafkas Schloss, später kam Prousts Suche nach der verlorenen Zeit hinzu, doch das war nicht mehr in Wetzlar, Bonn oder Marseille, sondern in Svanemølle, einem Stadtteil von Kopenhagen, wo

ich, den Bierdunst der Tuborg-Brauerei in der Nase und das Tuten der Schiffssirenen im Ohr, Salammbô und L'Éducation sentimentale auf Französisch las, weil ich so schreiben wollte wie Flaubert, einschließlich seiner Grammatikfehler und gezielten Verstöße gegen die Logik des Texts: »Er ging auf Reisen«, so beginnt das vorletzte Kapitel des Romans: »Nun lernte er die Schwermut der Dampfboote kennen, das fröstelnde Erwachen unter Zelten, das verwirrende und ermüdende Einerlei der Landschaften und Ruinen, die Bitternis jäh zerrissener Freundschaften. Er kam zurück ...«
Ein kühner Zeitsprung, mit dem Flaubert den Leser, der vorher Schritt für Schritt dem Schicksal des Helden Frédéric Moreau gefolgt ist, abrupt in eine andere Epoche versetzt. Dabei fällt mir ein, dass Samuel Clemens alias Mark Twain nach eigenem Bekunden nicht davor zurückschreckte, seinen Geburtsort tausend Meilen weiter nach Westen zu verlegen, wenn der Text, an dem er arbeitete, es erforderte.
So auch hier: Ich springe zurück in die Kindheit, weil mein späterer Schreibimpuls und alles, was damit zusammenhängt, dort seine Wurzeln hat. So wie der Ort, wo ich geboren bin, Wetzlar an der Lahn, wie es damals noch hieß, zum Muster, nein zur Matrix wurde für alle Großstädte und Metropolen der Welt, die ich erst Jahrzehnte später kennenlernte: In meinem Gedächtnis verblassen die Champs Elysées, Piccadilly Circus, die Fifth Avenue zu nichts oder fast

nichts im Vergleich zur Helgebachstraße, der Krämerstraße, der Langgasse oder dem Domplatz in Wetzlar, dem Goldfischteich und dem Drachenberg. Hier lernte ich am eigenen Leib den Unterschied kennen zwischen dem Bordstein, an dem ich mir die Knie blutig schlug, und dem Spülstein, in dem meine Mutter Geschirr abwusch. Oder den Unterschied zwischen dem Mistbeet, in dem mein Vater Gurken und Kopfsalat zog, und der Jauchetonne, aus der ich heimlich einen Schluck trank, der höllisch im Mund brannte, verfolgt von einem flügelschlagenden Hahn, der mir seine Krallen ins Genick schlug. Eines Morgens lagen die Hühner, die mein Vater nach Kriegsende anschaffte, tot in dem mit Maschendraht umzäunten Stall, einschließlich meines Lieblingshuhns, einer braunen Henne, die ich mit Reiterchen genannten Brothappen fütterte, abgewürgt von einem Marder, den die Hausbewohner in die Enge trieben und mit Schippe und Besen malträtierten, bis er sich in einen blutigen Fleischklumpen verwandelte, aus dem sich, wie meine Mutter bedauernd bemerkte, kein Pelzkragen oder Muff mehr anfertigen ließ.

Die Erinnerung ist das einzige Paradies, aus dem niemand einen vertreiben kann, wie es bei Seneca heißt – oder ist es Jacob Grimm? In meiner Kindheit waren die Sachen noch mit den Wörtern identisch, die sie bezeichneten, der Marder war ein Mörder, der Hühnern die Kehlen durchbiss, ohne ihr Blut zu trinken, wie die Wiesel es taten; Äpfel hießen Boskop und schmeckten am besten, wenn sie auf Lattenrosten im Keller nachreiften, aber auch unreife Äpfel waren nicht zu verachten, deren Säure wie Schlehen das Zahnfleisch zusammenzog: »Rote Kirschen ess ich gern / schwarze noch viel lieber / in die Schule geh ich gern / alle Jahre wieder!« Süßkirschen schmeckten mir am besten, wenn ich sie, auf einer Astgabel sitzend, in den Mund stopfte, bis mir übel wurde, Pflaumen oder Birnen im Spätsommer, bevor die Wespen über sie herfielen, aber es gab auch von Insekten gemiedene Holzäpfel und Holzbirnen, Walnüsse, die an verschrumpelte Gehirne, und Haselnüsse, die mich an die Häschenschule von Koch-Gotha erinnerten: »Hasenhans und Hasengretchen / gehen lustig Pfot in Pfötchen / um die sechste Morgenstund / durch den bunten Wiesengrund. / Auf dem Rücken sitzt das Ränzchen / hinten wippt das Hasenschwänzchen.« Moslers kamen von der Mosel und horteten Moselwein im Keller, Kekse in Blechdosen und Katzenzungen genannte Schokolade im Nähtisch: Tante Mosler hatte eine lange Nase wie die Hexe bei Hänsel und Gretel, mein Vater sprach von einem Zinken, an dem stets ein Tropfen hing, aber ich hatte keine Angst vor ihr, im Gegenteil, ich fand sie schön in ihrem geblümten Sommerkleid, das nach Mottenpulver roch: Hakennasen waren mein Schönheitsideal, auch Kasperle im Kaspertheater hatte einen Zinken, so wie Nick Knatterton, der Apatsche Winnetou und Unkas, der letzte Mohikaner. Kasperles Frau hieß Gretel, und genauso hieß das Kindermädchen, das mich betreute, Pflichtjahr nannte man das, Gretel Hartmann, eine Sechzehnjährige, in die ich mich verliebte, schon als kleiner Junge war ich sexuell erregt, wenn sie mich auf den Arm nahm, mich herzte, küsste und der herbe Duft von Kernseife mir in die Nase stieg.

Der Geruchssinn ist älter als die Sprache, aber beide gehörten untrennbar zusammen, wenn der Nachbarjunge Delf mich auf den Gepäckträger seines Fahrrads setzte und, während ich mich festklammerte an seinen Lederhosen, einen Furz ließ, den der Fahrtwind mir in die Nase blies und der noch übler roch, wenn Delf Spinat gegessen hatte und giftgrüne Scheißhaufen am Fuß der Birke hinterließ, deren Astgabeln meinem Freund Jochzer und mir als Hochsitz und Ausguck dienten.

Die Zelte und Hütten, die wir gemeinsam errichteten, mit Grassoden gedeckte Erdlöcher oder aus Brettern gezimmerte Baumhäuser, waren Keimzellen meiner späteren literarischen Arbeit, verborgene Rückzugsräume, in die kein Erwachsener hineinreden und hineinregieren konnte. Hier rauchten wir mit Tabakresten gestopfte Pfeifen, kochten Knorr-Suppen auf Gaskochern oder auf offenem Feuer, das wir mit Urin löschten, betasteten unsere steifen Pimmel, damals noch ohne Schamhaare, und lasen im trüben Schein einer Taschenlampe zerfledderte Jugendbücher, die uns zu neuen Abenteuern inspirierten:

Tom Sawyer Huckleberry Finn Die Höhlenkinder im heimlichen Grund Die Höhlenkinder im Pfahlbau Die Höhlenkinder im Steinhaus.
HOMO LUDENS heißt ein früher vielzitiertes Buch des Holländers Johan Huizinga, der Wissenschaft und Kunst, Recht und Religion, Geschichte und Politik aus dem Spieltrieb erklärte, und Schiller hat es noch treffender formuliert: »Der Mensch spielt nur, wo er in voller Bedeutung des Wortes Mensch ist, und er ist nur da ganz Mensch, wo er spielt.« So auch hier. Das kindliche Spiel war der Ursprung, die Keimzelle all dessen, was ich später zu Papier brachte. Dieser ursprüngliche Impuls lebte fort in meinen Malversuchen, Saxophon- und Klavierübungen sowie, nicht zuletzt, in meiner literarischen Arbeit, und ich übertreibe nicht, wenn ich meine Kinderspiele als Writer's Workshop und Vorschule der Ästhetik bezeichne. Hört, hört! Wie bei einer Voodoo-Zeremonie, wo der Laplace genannte Gehilfe des Priesters mit Maismehl einen Kreis auf den Boden streut, kann das Spiel erst beginnen, wenn der Spielort markiert und die Grenzen festgelegt sind, ein magischer Zirkel, Hexenring oder Teufelskreis, in dem andere Regeln gelten als die Gesetze der Außenwelt – der Alltag ist vorübergehend außer Kraft gesetzt. Dabei denke ich weniger an Fußballturniere, die vor jubelnden Fans auf deutlich gekennzeichneten Spielflächen stattfinden, sondern an die Einsamkeit des Marathonläufers, der unbeirrt weiterläuft, nachdem die Zu-

schauer die Tribüne verlassen haben und das übrige Feld ihn überrundet hat – Sisyphus lässt grüßen, von dem etwas in jedem Künstler und Schriftsteller steckt.
Zurück in die Kindheit, als ich auf den Knien liegend aus Bauklötzen – Lego-Bausteine gab es noch nicht – Ritterburgen und Feenschlösser errichtete, die ich mit Zinnsoldaten, Pferden und Kanonen bestückte, oder Forts im Indianerland mit aus Zweigen geflochtenen Palisaden, von Cowboys und blauuniformierten Soldaten verteidigt gegen Speere und Tomahawks schwingende Indianer, buntbemalte Plastikfiguren, die ich mir von meinem Taschengeld kaufte oder zum Geburtstag geschenkt bekam. Die zu Stillleben erstarrten Kampfszenen waren mein liebster Zeitvertreib, mit glühenden Wangen verschob ich Angreifer und Verteidiger vor und hinter den Palisaden, und wie in Konstantinos Kavafis' Gedicht Warten auf die Barbaren rückte ich Hölzchen und Stöckchen gerade: Ein Kindheitsmuster, das in vielen meiner Erzählungen und Romane, aber auch Jahre später in meinen Reportagen aus Kriegs- und Krisengebieten wiederkehrt. War alles fertig und jede Figur am richtigen Platz, ergötzte ich mich an dem Anblick so lange, bis ich die Geduld verlor und die belagerte Festung mitsamt Angreifern und Verteidigern in den Boden stampfte in einem Wutausbruch wie Rumpelstilzchen, als es seinen richtigen Namen hört.
Meine erste Liebe war Gretel, ein BDM-Mädel mit

kornblumenblauen Augen und kastanienbraunem Haar, schwarzbraun ist die Haselnuss / schwarzbraun bist auch du, Gretel Hartmann aus Büblingshausen, ihr älterer Bruder, dessen Schwarzweißfoto über dem Sofa hing, war in Russland gefallen, und später heiratete sie einen Amerikaner namens French wie ihre Schwester Erna, die ebenfalls einen GI heiratete und nach Texas zog, während Gretel in einer Baptistengemeinde in Kansas predigte und, als ich sie Jahrzehnte später wiedersah, noch so jugendfrisch aussah wie zuvor.

Meine zweite Liebe war Almut, die ältere Schwester meines Freundes Jochzer, Almut von Kronhelm, die vom Fünf-Meter-Turm sprang und nach Nivea-Creme roch, und die dritte große Liebe war Oda, ein Backfisch mit Pferdeschwanz, Zöpfe waren passé, das Wort Backfisch ebenfalls, Teenager sagte man neuerdings, und jedes Mal wenn ich an der Nachbarsvilla in Wiesbaden-Bierstadt vorbeiging, um Bier zu holen in der Felsenkeller-Brauerei, und Oda Jäger mit dem Hula-Hopp-Reifen üben sah, bekam ich eine Erektion beim Anblick ihres wippenden Petticoats. Später, in der Pubertät – ich hatte noch keine Frau geküsst, geschweige denn Sex gehabt – spielte ich meinen Freunden eine Komödie vor in Form eines Schäferstündchens mit Andrea Geck, der Femme fatale von Bonn-Kessenich, die es, wie man munkelte, in Waschküchen oder Kohlenkellern mit älteren Jungen trieb. Ich wälzte mich in einem Haufen Koks, zerwühlte meine Haare, malte mir Ringe unter die Augen und Knutschflecken auf den Hals. So aufgehübscht, kehrte ich auf die Teenager-Party zurück, die Andrea Geck vor mir verlassen hatte, und galt fortan als Lüstling und Hurenbock, was mich nicht störte, weil ein schlechter Ruf besser als gar keiner ist!

War das nun Spiel oder Ernst, Scherz, Satire, Ironie oder tiefere Bedeutung? Konrad Lorenz schreibt irgendwo, dass er bei der Nobelpreiszeremonie in Stockholm, während die Preisträger wie Pinguine durch den Saal defilierten, Lust bekam, seinen Vordermann in den von Frackschößen umhüllten Hintern zu treten: ein spontaner, aber kreativer Impuls, wie er, Lorenz zufolge, hinter jeder neuen Entdeckung und wissenschaftlichen Erkenntnis steht!

So besehen, war es mehr als ein Lausbubenstreich, als ich auf der frisch zementierten Treppe des Nachbarhauses Fußstapfen hinterließ, ohne zu bedenken, dass das Profil meiner Turnschuhe mich verraten würde. Herr Mosler hielt eine milde Strafpredigt und beglich den Schaden, ohne Aufhebens davon zu machen, weil Onki und Tanti keine Kinder hatten und mich liebten, als wäre ich ihr eigener Sohn.

Ernster wurde es, als mir im Vestibül des Bonner Beethoven-Gymnasiums der Schuldirektor, Professor Grenzmann, entgegenkam und wissen wollte, was sich in der prall gefüllten Tüte verbarg, die ich bei mir trug. »Sägespäne für den Kunstunterricht«, log ich, und Grenzmann rang mühsam nach Luft beim

Anblick der Teilchen genannten Backwaren, die ich für meine Mitschüler beim Konditor gekauft hatte. »Soso, Sägespäne«, sagte Grenzmann, der seit einer Verschüttung im Krieg an Asthma litt, »das wird ein Nachspiel haben!« Doch ich kam mit einem Eintrag ins Klassenbuch und einer Rüge davon, anders als im Abitur, wo ich die Frage: »Herr Buch, Sie interessieren sich wohl überhaupt nicht für Mathematik?« mit Nein beantwortete und ein leeres Blatt abgab, statt die gestellte Aufgabe zu lösen. »Setzen, sechs«, sagte der Mathelehrer, und nur meinen Deutsch- und Lateinnoten verdankte ich es, dass ich das Abi bestand. Aber lassen wir das humanistische Gymnasium in der Schublade!

Als ich sechzehn wurde, kaufte ich mir vom ersten selbstverdienten Geld die bei Schocken Books und S. Fischer erschienene Kafka-Gesamtausgabe, die ich von der ersten bis zur letzten Seite las, von der Beschreibung eines Kampfes bis zu den Briefen an Milena, nicht zu vergessen Kafkas Tagebücher und seine Betrachtungen über Sünde, Leid, Hoffnung und den wahren Weg – der Titel stammt von Max Brod. Die mit Schutzumschlägen versehenen roten, blauen, gelben und braunen Bände sind der Grundstock meiner Bibliothek, und wenn ich die vergilbten Seiten durchblättere, stoße ich auf Frage- und Ausrufezeichen, Kreuze und Kreise, die schwieriger zu entziffern sind als die sumerische Keilschrift oder Linear B. Nur so viel ist klar: Thomas Mann hatte

ausgedient, Hemingway ebenfalls: Ich sprach, schrieb und halluzinierte wie Josef K. und stand kurz davor, mich in einen Käfer zu verwandeln, als eine andere Leidenschaft, ohne Kafka vom Bücherbrett zu verdrängen, von mir Besitz ergriff. Mit siebzehn erwarb ich in einem Kölner Musikantiquariat ein zerbeultes Altsaxophon und übte im Keller, zwischen Einmachgläsern stehend, Tonleitern, Kadenzen und Riffs, Bebop-Phrasen und Breaks von Charlie Parker, John Coltrane und Thelonious Monk, Ornithology Scrapple from the Apple Giant Steps Round Midnight Blue Monk und wie die Stücke hießen, die mäßig begabte Anfänger wie mich vor unüberwindbare Schwierigkeiten stellten. Meine Klavierstunden und später den Saxophon-Unterricht brach ich enttäuscht ab, weil der Lehrer darauf bestand, mir das Notenlesen beizubringen, bis ich das Zwangskorsett abstreifte und, am Flügel meines Vaters sitzend, der erst spät vom Auswärtigen Amt nach Hause kam, Melodien und Akkorde nachspielte, gestützt auf Schallplatten und mein alles andere als absolutes Gehör.
Die Kafka-Gesamtausgabe und das Altsaxophon waren mein wertvollster Besitz, für dessen Anschaffung ich zuerst auf dem Bau und später in der Bonner Post malochte, wo meine Arbeit im Heranschaffen von Bier und Pommes frites bestand – wahlweise rot oder weiß, mit Ketchup oder Mayonnaise. Gemessen am geistigen Ertrag war das Opfer nicht groß: Was mir damals vorschwebte, war eine Synthese aus Kafka-

texten und modernem Jazz – mit Dixieland gab ich mich gar nicht erst ab – weil Franz Kafka und Charlie Parker aus meiner, durch keine Welt- oder Menschenkenntnis getrübten Sicht ein ähnliches Lebensgefühl vermittelten: Dass diese Annahme nicht ganz falsch war, zeigen Julio Cortázars Erzählung Der Verfolger und der zeitgleich entstandene Roman von Fritz Rudolf Fries Der Weg nach Oobliadooh, der schon wegen seines Titels in der DDR nicht erschien. Auf dem Grund einer Bücherkiste lagert unter einem Stoß vergilbter Manuskripte ein von mir bespieltes Tonband, auf dem ich mit Blue Notes gespickte Bebop-Phrasen übe und dazu selbstverfasste Gedichte deklamiere, die von allem und nichts handeln – hier stimmt das Modewort kafkaesk.

Den Ausdruck Peergroup gab es noch nicht, wir nannten uns Clique, Freundschaftsbund oder Trio Infernal wie die drei Musketiere, die am Schluss zu viert agieren: Athos Porthos Aramis d'Artagnan. An jedem neuen Wohnort, den ich mit meinen Eltern bezog, fand sich ein Trio zusammen, eine Troika von Freunden, die nicht gleichaltrig, aber ähnlich gestimmt waren wie ich: der kleine Achenbach zum Beispiel und der dicke Biedenkopf, der seinem auf dem Sofa dösenden Vater Geld aus dem Portemonnaie stahl und uns so genannte Negerküsse spendierte, Schaumwaffeln à zehn Pfennig das Stück, die wir im Dutzend vertilgten. Das war in Wiesbaden, und der Dritte im Bunde hieß Achim von Hirsch-

hausen, Sohn eines Pressefotografen, der für *Quick*, *Revue* und *Die Gondel* arbeitete, ein Sexmagazin mit Fotos vom Nacktbadestrand, ein rasender Reporter im wahren Sinne des Wortes, denn jedes Mal wenn er Achim und mich zu einer Spritztour einlud, wie der Alte es nannte, wurde mir schlecht auf dem Rücksitz des Porsche, vielleicht war es auch ein Alfa Romeo, und ich musste mich übergeben beim Anblick entgegenkommender Lastwagen, denen er mit quietschenden Bremsen in letzter Sekunde auswich.
Hirschhausens hausten in einer Gründerzeitvilla in der Uhlandstraße, nicht weit von der Beamtensiedlung auf der Theodorenstraße, in der ich wohnte, und anders als auf den Spritztouren durch Taunus und Westerwald ging es bei ihnen gemächlich zu: Achims Oma, die seine verstorbene Mutter vertrat, buk Quittenbrot oder spielte Canasta mit uns, und Achims Vater brachte uns bei, wie man einen platten Reifen flickt und mit dem Knochen genannten Schraubenschlüssel ein Fahrrad RUCKZUCK auseinandernimmt und wieder zusammensetzt.
Jahre später in Bonn hatte ich zwei sich überschneidende Freundeskreise: Meine Mitschüler Uli Rüger und Erhard Ney, die in der Razzy-Dazzy-Band Gitarre sowie Posaune spielten, und die außerschulischen Freunde Wolfgang Erhard, Wilfried Hecker, genannt Wibbes, und Peter Prinz, die, älter als ich, über Sex nicht nur redeten, sondern über einschlägige Erfahrungen verfügten – eine Hürde, die schwerer zu neh-

men war als das Abitur. »Charme musst du haben«, sagte Wilfried mit rheinischem Akzent und erzählte, wie er mit einer Soulsängerin, die ihm beim Jazzfestival in Düsseldorf begegnet war, Sex gehabt hatte auf dem Perserteppich unter dem Weihnachtsbaum. »Dat schwatte Biest, dat kütt hej rus!«, sagte seine Mutter, als sie frühmorgens ins Wohnzimmer trat, und Wilfried antwortete im Bonner Dialekt: »Dat schwatte Biest bliev hej!« Dasselbe hatte er gesagt, als er mit seinem Moped an die Theke einer Bierkneipe fuhr und zwei Kölsch bestellte – eins für sich und eins für sein Moped. »Dat Mopedchen kütt hej rus!« – »Dat Mopedchen bliev hej ston!«

Wilfried Hecker war der Sohn eines Metzgers aus der Bonngasse, ein hochtalentierter Bassist, der, statt sich Ladenmädchen gefügig zu machen, indem er ihnen Schweineschmalz zwischen die Beine strich, als Bassist einsprang im Miles Davis Quintett, bevor der Jazzclub in Barcelona, in dem er auftrat, wegen Drogendelikten schließen musste. Wilfried war rauschgiftsüchtig, ich kann es nicht anders nennen: Von Romilar, einem morphiumhaltigen Hustenmittel, das in Apotheken verkauft wurde, stieg er auf harte Drogen um, und erst später begriff ich, dass die Konzerttourneen, von denen er mir erzählte, in Wahrheit Entziehungskuren gewesen waren. Er war groß und blond wie Peter van Eyck und erregte Aufsehen, wenn er die Gaststätte Im Stiefel betrat und seine Kollektion aus Mexiko mitgebrachter Ponchos vorführte, die er unter Preis verkaufte, um, was ich damals nicht wusste, mit dem Erlös seine Drogensucht zu finanzieren. Wilfried war kein Intellektueller, aber er war einfallsreicher als viele Literaten, in deren Kreisen ich später verkehrte. »Immer wenn ich ein Bass-Solo spiele, sehe ich Aktenschränke umfallen«, pflegte er zu sagen, und als ich ihn mit dem Kopf nach unten am Reck hängend antraf, erklärte er, lange vor Baselitz, nur aus dieser Perspektive rückten die Dinge an ihren richtigen Platz. »Ich meen, mit jeder Well kütt ene Zehnmarkschein anjeschwomme«, philosophierte er am Strand von Sanary, und auf der Insel Porquerolles, wo wir unter freiem Himmel nächtigten, meinte er, alles widerlegen zu können, was ich über Schwarze Löcher im All und Lichtjahre entfernte Galaxien von mir gab.

»Und wie hast du es angestellt?«, fragte ich meinen Freund Wolfgang, der seit dem frühen Tod seines Vaters die an Beethovens Geburtshaus grenzende Gaststätte Im Stiefel leitete und am laufenden Meter Früh-Kölsch, Gaffel-Alt und Bitburger Pils zapfte. Seine Mutter bereitete, der Wirtshausküche misstrauend, auf einem Gaskocher Sauerbraten zu, den sie mit Aachener Printen würzte, während ich eine Etage tiefer als Kegeljunge hantierte, mit Russeneiern und Dornkaat aus Kornsaat entlohnt. »Wie stellst du es an, eine Frau herumzukriegen?« – »Das hängt von den Umständen ab«, sagte Wolfgang, und gab mir den Tipp, bei der Begrüßung mit dem Zeigefinger die

Innenfläche ihrer Hand zu streicheln, eine Berührung, die jede Frau gefügig mache – Erfolg garantiert!
»Alles Quatsch«, brummte Peter Prinz, Goldschmied, Bildhauer, Maler und Musiker, der in einem zum Atelier umgebauten Gartenhaus am Fuß des Venusbergs wohnte und mir riet, meine Wünsche offen zu artikulieren und deutlich zu machen, was ich wollte. Das Wort vögeln sei zu vermeiden, ficken aber sei ein altehrwürdiges Verb, das hin und her bewegen bedeute. Auf Schwedisch heiße flicka Mädchen und ficka Tasche: »Das ist kein Zufall«, fügte er abschließend hinzu, und ich war so klug wie zuvor. »Und was mache ich, wenn die Frau Ja sagt?« – »Das muss jeder selbst wissen!«, rief Peter Prinz, der seinen Umzug nach Stockholm vorbereitete, nahm sein selbstgebautes Sopransaxophon von der Wand und blies einen schmerzhaft klaren Ton, vermutlich ein hohes C, so schrill und durchdringend, dass das Glasdach zu vibrieren begann.

IHR LITERATEN MACHT ES EUCH LEICHT

»Ihr Literaten macht es euch leicht«, sagte Klaus Habermüller, den ein warmer Sommerwind aus Idstein im Taunus in meine Einzimmerwohnung verweht hatte, Uhlandstraße 188, Hinterhof, vierter Stock oder vier Treppen, wie der Berliner sagt, sturmfreie Bude, durch die alle drei oder vier Minuten die S-Bahn rauscht, das heißt, sie fährt nicht direkt hindurch, aber sie braust zum Greifen nah an der Brandmauer vorbei, lässt Teller und Gläser klirren und die Bücher auf dem Regal, das aus aufeinandergestapelten Obstkisten besteht, schwanken wie schlecht verzurrte Container auf einem Containerschiff: »Ihr Literaten macht es euch leicht, schreibt Buchkritiken, Gedichte und Prosa, Spitzenprosa, wie du sagst, werkelt und schriftstellert sinnlos herum, weil ihr unfähig seid, die eigene Nichtigkeit zu ertragen, was viel schwieriger ist, als Texte zu Papier zu bringen, die schon vor der Drucklegung Altpapier sind, Makulatur – doch wem sage ich das?«
Es muss im August 1964 gewesen sein, denn ich hatte mein Studentenzimmer in der Uhlandstraße vorübergehend meinem Freund Hermann Piwitt abgetreten, und der hatte den Schlüssel weitergegeben

an Klaus Habermüller, Friedensbewegung Frankfurt, nein, die gab es noch nicht, so wenig wie die DKP, der er später angehörte, bis sie ihn wegen parteischädigenden Verhaltens wieder ausschloss. Klaus Habermüller, Pharmazievertreter im Großraum Frankfurt am Main, der drogenabhängige Landärzte mit Nachschub versorgte und seinen Deux Chevaux, nein R4, auf Waldlichtungen parkte, um Tabletten einzuwerfen, Valium, Betablocker oder Romilar, und dazu Musikkassetten zu hören, Mahlers Unvollendete, und durchs offene Schiebedach in den Himmel über dem Taunus zu blicken, durch den Wolken schifften, Quellwolken, Zirrus oder Kumulus, vielleicht waren es auch Schäfchenwolken, so lange, bis die Arbeitgeber ihm auf die Schliche kamen und die Apothekerinnung ihn als schwarzes Schaf brandmarkte, Klaus Habermüller, Friedensbewegung Frankfurt, ein drogenabhängiger, nein tablettensüchtiger Langzeitarbeitsloser, der als untherapierbar galt und an einem heißen Tag auf der Zeil, vielleicht war es auch in der Kaiserstraße, nach Verlassen eines Porno-Shops, frustriert von Hochglanzfotos feuchter Träume, zu deren Verwirklichung ihm das Geld fehlte, die Kohle oder Knete, wie man damals sagte, spontan in die DKP eintrat, angelockt von der Leuchtschrift eines Parteibüros, dessen Sekretärin, brünett mit Pferdeschwanz, ihm erklärte, vor der Entscheidung über den Aufnahmeantrag würden seine Personalien überprüft: »Überprüfung also auch hier«, rief, nein –

schrie Habermüller und wischte sich mit einem Tempotaschentuch den Schweiß von der Stirn, »ihr seid nicht besser als der Staat, den ihr zu bekämpfen vorgebt«, und die Sekretärin stand kurz davor, die Polizei zu rufen, um den Randalierer vor die Tür zu setzen, als der Chefideologe der DKP, Professor Steigerwald, der Habermüller aus der Ostermarschbewegung kannte, das Parteibüro betrat und den Antrag entgegennahm, dem nach der üblichen Frist von sechs Wochen stattgegeben wurde.
Jetzt aber liegt er schwer atmend wie Oblomow auf meinem zinnoberroten, kratzenden Sofa in der Uhlandstraße, mit offenem Kragen und gelockertem Schlips, die in Nylonsocken steckenden Füße auf einem aus den fünfziger Jahren stammenden Nierentisch, der Teil der Einrichtung ist, und macht keine Anstalten, das Zimmer zu räumen, das ich zum Schreiben von Spitzenprosa für mich allein benötige, seine ungewaschenen Socken sondern Schweißgeruch ab, und während ich meinen Freund Piwitt verfluche, der ihm ohne meine Einwilligung den Schlüssel gegeben hat, überredet Habermüller mich unter Berufung auf Kafka Robert Walser Robert Musil oder auf Eichendorff und Stifter, ihn als Untermieter aufzunehmen und, als sei das noch nicht genug, ihm Geld zu leihen, denn er habe brennenden Durst, der nur durch Bier und Schnaps zu löschen sei. Habe ich schon erwähnt, dass Habermüller hochgebildet war? Auf Waldlichtungen im Taunus las er

Kant Hegel Marx Schopenhauer Nietzsche Heidegger Marcuse, in dieser Reihenfolge, nicht zu vergessen Adorno, dessen Seminar er besucht hatte, Horkheimer und Bloch, und die Theorien der Frankfurter Schule verschmolzen in seinem von Valium ruhiggestellten Gehirn mit der in Wellen anbrandenden Musik von Mahler und dem Vogelgezwitscher ringsum zu einem Kunst und Natur verbindenden Gesamtkunstwerk. »Warum habt ihr Juden uns verlassen?«, sagte er auf einem Empfang der Römerberggespräche zu Leo Löwenthal, dem letzten Überlebenden der Frankfurter Schule, und als der wegen altersbedingter Schwerhörigkeit seine Frage nicht verstand, wiederholte er sie in doppelter Lautstärke: »Warum habt ihr Juden uns verlassen?« – »Ich weiß nicht, was Ihr Freund von mir will«, rief Löwenthal mir zu, »aber ich kann seine Frage nicht beantworten, denn sie ist falsch gestellt!« Und bevor Habermüller zu einer längeren Erklärung ausholen konnte, derzufolge er als Kind am Frankfurter Südbahnhof eine Gruppe mit gelben Sternen gekennzeichneter Menschen gesehen habe, die von Bahnpolizisten in Güterwagen verfrachtet worden seien, um auf Transport zu gehen, wie es damals hieß: Noch bevor Habermüller ihm erklären konnte, was er hatte sagen wollen, kehrte Leo der Löwe ihm den Rücken zu und griff nach einem mit Riesling gefüllten Pokal, den ein Kellner ihm auf einem Silbertablett kredenzte. »Ich muss mich entschuldigen«, sagte Habermüller am nächsten Morgen, als er den

Philosophen und Soziologen im Frühstücksraum des Frankfurter Hofs wiedersah, »ich bitte vielmals um Entschuldigung für den Unsinn, den ich gestern geredet habe. Nur eine Frage möchte ich Ihnen noch stellen: Warum habt ihr Juden uns verlassen?«
Klaus Habermüller hatte das seltene Talent, überall anzuecken und den Zorn der Mächtigen auf sich zu ziehen: vom Chef des Suhrkamp Verlags, dem er mit seinem klapprigen R4 die Ausfahrt aus der Tiefgarage versperrte – er hatte eine Reifenpanne, oder der Tank war leer –, bis zum Altkommunisten Wilhelm Girnus, Herausgeber von *Sinn und Form*, den er bis aufs Blut reizte mit der Frage, warum die Stasi die Teilnehmer einer nicht genehmigten Friedensdemonstration in Jena festgenommen, und gegen ihren Willen in die Bundesrepublik abgeschoben habe. »Ihr Name bitte?«, fragte die Protokollführerin, nachdem Girnus wortreich dargelegt hatte, Goethe sei zwar kein Bürger der DDR gewesen, hätte aber, wenn er heute leben würde, die Friedenspolitik der SED ohne Wenn und Aber unterstützt. Und er leitete übergangslos von Pershings und Cruise Missiles über zum Westöstlichen Diwan mit einem Vers, den Goethe, Girnus zufolge, den Kritikern der DDR ins Stammbuch geschrieben habe: »Ost- und Westliches Gelände / ruht im Frieden deiner Hände.« – »Ihr Name bitte?« – »Klaus Habermüller, Friedensbewegung Frankfurt.« Überflüssig zu sagen, dass er fortan, obwohl langjähriges Mitglied der Goethe-Gesellschaft, auf deren Tagun-

gen nicht mehr willkommen war. Auch den Chefideologen der DKP brachte er gegen sich auf, als Steigerwald in einem Vortrag über Freud vom jüdischen Sumpf der Wiener Bourgeoisie sprach und Habermüller ihn darauf hinwies, dass er antisemitische Propagandaklischees benutze. Zur Strafe schloss die DKP ihn wegen parteischädigenden Verhaltens aus ihren Reihen aus.

Auch bei der SPD eckte Habermüller an, als er bei der Amtseinführung des neugewählten Ministerpräsidenten von Niedersachsen, Gerhard Schröder, am kalten Büfett das Gleichgewicht verlor und bäuchlings in eine Schüssel mit roter Grütze fiel – oder war es Rote-Bete-Salat? »Hab ich jemand umgebracht«, rief Habermüller am nächsten Morgen, aus dem Vollrausch erwachend, beim Anblick seines rot verschmierten Jacketts. Dass er einen vom Arbeitsamt angebotenen Job im BKA-Archiv – oder war es die Polizeibibliothek? – ausschlug, empfahl ihn nicht unbedingt bei den Behörden, und während der Schleyer-Entführung im Herbst 1977 geriet er ins Fadenkreuz der Fahnder, als er in einem Apfelweinlokal in Sachsenhausen damit prahlte, er wolle hessische Unternehmer mit Lastwagen in den Taunus verfrachten und standrechtlich erschießen – einen geeigneten Steinbruch habe er schon ausgesucht. Und der Börsenverein des Deutschen Buchhandels erteilte ihm Hausverbot, weil er Lesungen prominenter Autoren mit Zwischenrufen wie »Alles Tinnef!« oder »Hört, hört!« unterbrach.

Damals besaß er noch ein Auto, und eine Frankfurter Arztfamilie, deren Bekanntschaft er als Arzneimittelvertreter gemacht hatte, beauftragte ihn, ihre für unzurechnungsfähig erklärte Mutter mit seinem R4 im Taunus spazieren zu fahren. Die ehemalige Ärztin lebte in einer heruntergekommenen Villa zwischen Biedermeiermöbeln, in Leder gebundenen Klassikern und einem Biedermeiertisch, überquellend von Käse, Schinken und Aufschnitt genannter Wurst, die der örtliche Metzger alle drei Tage durch frische Ware ergänzte. »Erzählen Sie noch mal, wie Sie die hessischen Unternehmer in einen Steinbruch gekarrt und standrechtlich erschossen haben«, sagte die Arztwitwe, die das Besitzbürgertum ebenso verabscheute wie ihre Angehörigen, die sie entmündigen wollten. Habermüller logierte in einem blau tapezierten Turmzimmer, genannt Montgolfiere, mit Blick auf einen verwilderten Park, in dem die Ex-Ärztin einer Romanfigur ein Denkmal errichten ließ, General Kühlmann-Stumm, Erforscher des Zivilverstands in Robert Musils Mann ohne Eigenschaften. Er bediente sich schamlos, nicht nur beim Fleischsalat, sondern auch am Bücherregal, in das er wahllos hineingriff, um Bücher zu stehlen, die ich wieder zurückstellte, weil die Goethe-Gesamtausgabe ihren Wert verlor, sobald ein Einzelband fehlte.

Habermüller fuhr den R4 zu Schrott. Gelegentliche Kuraufenthalte, die der Hausarzt ihm verschrieb, verhinderten sein Abgleiten in Armut und Obdachlosigkeit und halfen ihm, den Anschein einer bürgerlichen Existenz zu wahren. In der Kurklinik verliebte er sich in einen Kurschatten, und als die Auserwählte im Dunkeln nach der Nachttischlampe tastete, hielt sie statt des Lichtschalters sein Gebiss in der Hand. »Was tun?«, fragte sich Habermüller, und getreu der Devise, dass Humor das beste Aphrodisiakum ist, benutzte er die künstlichen Zähne, um wie das Krokodil im Kaspertheater seiner Bettgenossin in die Brustwarzen zu beißen. »Autsch!«

Beim Begräbnis des Dichters Nicolas Born setzte er sich auf einen Babystuhl, vielleicht war es auch ein Autositz für Kinder, der unter ihm zusammenbrach, und nach exzessivem Alkoholgenuss soff er, von Nachdurst getrieben, ein Zahnputzglas leer, in dem die Kontaktlinsen einer *Spiegel*-Reporterin schwammen.

Dann war auch das zu Ende. Habermüller pfiff auf dem letzten Loch, und um abzulenken von seiner Misere, redete er schlecht über die ihm noch verbliebenen Freunde: Piwitt hat nichts mehr zu sagen, Jonke ist unheilbar alkoholkrank, Buch leergeschrieben und ausgebrannt. Zuvor hatte er die Lacher auf seiner Seite gehabt beim Herunterbeten der Deformationen und Perversitäten aus Lange-Eichbaums Standardwerk Genie, Irrsinn und Ruhm, jetzt aber rückte einer nach dem anderen von ihm ab, wenn er Lesungen und Vorträge wie ein bestellter Claqueur mit frenetischem Applaus oder nicht enden wollen-

den Hustenanfällen störte, verursacht durch eine von Schimmel befallene Absteige, wo er zwischen Bücherbergen und Aldi-Konserven hauste.
Am Ameisenberg 3, *nomen est omen*, doch hinter der romantisch klingenden Adresse verbarg sich kein Grimm'scher Märchenwald, sondern ein versifftes Souterrain in Frankfurt-Bornheim, wo er Rotwein aus Literflaschen und kalte Erbsensuppe direkt aus der Dose trank – dort verliert sich seine Spur. Nicht einmal sein älterer Bruder, Philosophieprofessor in Tokio, mit dem er sich schon vor Jahren überwarf, weiß, was aus Klaus Habermüller geworden oder, falls er nicht mehr lebt, wo er begraben ist. Wenn ich die Augäpfel mit dem Handrücken reibe, bis Kreuze und Sternchen hinter den geschlossenen Lidern tanzen, sehe ich ihn auf dem zinnoberroten Sofa meiner Studentenbude sitzen, Uhlandstraße 188, die in verschwitzten Socken steckenden Füße vor sich auf dem Tisch, und mit Frankfurter Akzent eine Rede halten, die sich wie eine Endlosschleife im Kreis dreht: »Ihr Literaten macht es euch leicht, ständig bringt ihr irgendwas zu Papier, um die eigene Nichtigkeit nicht ertragen zu müssen!«

P. S.
GAU ist die Abkürzung für den größten anzunehmenden Unfall, und der ereignete sich, als Klaus Habermüller mit seinem Freund Wolfgang Maier im R4 in den Taunus fuhr. Maier war ein begabter, dem

Alkohol verfallener Dichter, und sie stoppten an einer Dorfmetzgerei, um Fleischwurst zu essen. Habermüller legte eine Musikkassette ein, Mahler vermutlich, und drehte das Autoradio auf volle Lautstärke, während sein Beifahrer würgend nach Luft rang. Als sein Gesicht blau anlief und er röchelnd vornüber sank, war es zu spät: Wolfgang Maier war an einem Wurstzipfel erstickt – die ärztliche Hilfe kam zu spät. Es gibt keinen dummen Tod, schrieb Franz Marc in einem Feldpostbrief aus dem Schützengraben vor Verdun, kurz bevor ihn die tödliche Kugel traf. Oder gibt es ihn doch, den dummen Tod?

Zweites Buch: AUF FREMDEN PFADEN

HAITI UND KEIN ENDE

1995 war das turbulenteste Jahr meines Lebens. Ein Jahr zuvor, am 13. April, feierte ich meinen fünfzigsten Geburtstag an Bord einer Air-France-Maschine auf dem Weg nach Haiti, und die Stewardess weigerte sich, mir Champagner zu servieren mit dem Argument, Champagner werde nur auf internationalen Flügen ausgeschenkt – Haiti aber gehöre zu Frankreich. Vergeblich wies ich darauf hin, dass es sich nicht um Tahiti handelte und dass Haiti seine Unabhängigkeit erkämpft hatte gegen eine von Napoleon entsandte Armee, deren Soldaten zum Feind überliefen, als sie hörten, dass die für ihre Freiheit kämpfenden Sklaven die Marseillaise sangen. Davon, sagte die Stewardess, wisse sie nichts; auch den Namen des Nationalhelden Toussaint Louverture, der als Staatsgefangener in Fort de Joux im Juragebirge starb, höre sie zum ersten Mal. Und sie bestand darauf, auf dem Flug nach Pointe-à-Pitre werde kein Champagner serviert – aus ihrer Sicht zu Recht, denn Guadeloupe ist ein französisches Überseeterritorium. Erst beim Weiterflug nach Port-au-Prince, der nur zwei Stunden dauerte, wurde mir lauwarmer Champagner kredenzt, dazu ein nach Pappmaché schmeckendes

Sandwich, von dem mir schlecht wurde, so dass ich schweißgebadet und totenblass die VIP-Lounge betrat, wo die Sprecherin der Militärjunta, die Haitis demokratisch gewählten Präsidenten gestürzt und ins Exil vertrieben hatte, mir einen klebrigen Cocktail offerierte, Rum Punch, den ich nicht mag, weil ich, wie jeder Leser meiner Bücher weiß, Rum Sour bevorzuge.

Stunden später, als ich meinen Mageninhalt in die Kloschüssel gespien hatte und mich schlaflos unter dem Moskitonetz wälzte, durch dessen Ritzen Stechmücken ein und aus flogen, beschloss ich, während draußen der Morgen dämmerte und im Geäst eines Jacaranda-Baums ein Madame Sarah genannter Vogel zu lärmen begann, mein Leben zu ändern. Das Wort Stechmücke ist fehl am Platz, denn Moskitos stechen nicht, nur weibliche Mücken saugen Blut aus der Haut und übertragen Malaria oder Dengue-Fieber, sofern es sich um eine Moskita der Gattung *Aedes aegypti* handelt.

Ich beschloss, mein Leben zu ändern wie Rilke beim Anblick einer griechischen Statue, deren wohlgeformter Hintern sein verdrängtes homoerotisches Begehren weckte. Aber Marmorärsche lassen mich kalt; mein Stichwortgeber hieß nicht Rilke, sondern John Donne, ein Zeitgenosse Shakespeares, dessen Vers: FIND OUT WHAT YOU CANNOT DO / THEN GO AND DO IT sich wie ein Ohrwurm, nein: wie ein Korkenzieher in meine Hirnwindungen bohrte.

Hatte John Donne das geschrieben? Die Sache ließ mir keine Ruhe, und ich klappte das Elektronengehirn auf, das ich auf Reisen im Handgepäck bei mir trage, aber weder Wikipedia noch die Encyclopedia Britannica halfen weiter, ich machte den Deckel zu und schlüpfte unter das Moskitonetz, als sei hier die Antwort auf meine Frage zu finden. Im Halbschlaf dämmerte mir, dass ich am falschen Ort gesucht hatte: Mein Gewährsmann war nicht Rilke, auch nicht John Donne, sondern George Orwell, der auf dem Weg zum Spanischen Bürgerkrieg in Paris Henry Miller besuchte, dessen von der Zensur verbotenen Roman Wendekreis des Krebses er begeistert rezensiert hatte.

»Alles schön und gut«, sagte Henry Miller, während Orwell ihm darlegte, er ziehe freiwillig in den Krieg, um für die spanische Republik zu kämpfen und mit eigener Hand Faschisten zu töten. »Alles schön und gut«, meinte Miller, »wenn Sie es für Geld machen würden, könnte ich das verstehen. Aber Sie setzen Ihr Leben aufs Spiel! Die Nächte in Spanien sind kalt. Passen Sie auf sich auf!« Und zum Abschied schenkte er Orwell seine abgewetzte Cordjacke, als praktischen Beitrag zur Verteidigung der spanischen Republik.

Orwell war enttäuscht über die läppische Reaktion seines Freundes, der kein Verständnis aufbrachte für Freiheit und Demokratie und den Vormarsch der Franco-Truppen mit einer Cordjacke stoppen wollte.

Aber er nahm das Geschenk an, und im Nachhinein gab er Millers unpolitischer Haltung recht: Statt einen Faschisten zu töten – der Soldat, den er im Visier hatte, ließ gerade die Hosen herunter, um zu scheißen, und Orwell brachte es nicht fertig, abzudrücken – wurde er selbst von einer Kugel getroffen, die, ohne die Schlagader, Speise- oder Luftröhre zu verletzen, seinen Hals durchschlug. Und im Feldlazarett wurde er Zeuge, wie von Stalin entsandte Kommissare, statt den gemeinsamen Feind zu bekämpfen, Jagd machten auf Trotzkisten, Anarchisten und andere Abweichler, und entkam den Häschern mit knapper Not. Orwell war politisch desillusioniert: Der Faschismus hatte gesiegt, Henry Millers Cordjacke aber hatte die Feuertaufe bestanden und sich an der Front bewährt.

Ich könnte auch Ernest Hemingway anführen oder John Reed, der im mexikanischen Bürgerkrieg an der Seite Pancho Villas kämpfte, bevor er Zehn Tage, die die Welt erschütterten schrieb, doch ich will es bei der Drohung bewenden lassen. Was John Reed und Hemingway konnten, konnte ich auch: Ich hatte Romane, Erzählungen und Essays publiziert, sprach mehrere Sprachen, hatte keine Angst vor dem Krieg, und über Nacht verwandelte ich mich vom Schriftsteller, der über Manuskripten brütete, während seine Frau die Kinder hütete und Kaffee kochte, zum Reporter, der von einem Kriegsschauplatz zum nächsten eilte – was für ein Wort: Kriegs-Schau-Platz!

Innerhalb eines Jahres besuchte ich kurz hintereinander Haiti, Liberia, Burundi, Ruanda, Bosnien und Tschetschenien, und zwischen zwei Reisen, sozusagen in den Kampfpausen, schrieb ich Reportagen, für die ich problemlos Abnehmer fand, weil die festangestellten Redakteure der großen Zeitungen viel zu berühmt und zu hoch versichert waren, um in Krisengebiete zu reisen. Statt sich selbst ein Bild zu machen, schrieben sie ab, was schlechter bezahlte Kollegen am Ort des Geschehens erlebt, gesehen oder gehört hatten, und statt an die Front gingen sie eine Etage tiefer ins Archiv, weil es nicht weit her war mit ihrer Kenntnis der einschlägigen Literatur. Nur die wenigsten Redakteure wussten, dass Puschkin, Lermontow und Tolstoj, ja sogar Alexandre Dumas den Krieg im Kaukasus aus eigener Anschauung kannten. Und als die Flüchtlingswelle 2015 zum Tsunami anschwoll, der alle Dämme brach, waren sie überrascht, als ich auf Daniel Defoes Buch Die armen Pfälzer verwies, Migranten aus Rheinpfalz, die im Sommer 1709 in Zelten am Stadtrand von London kampierten, wo Defoe sie interviewte, lange bevor er Robinson Crusoe schrieb.

*

Ich wurde zum Kriegsreporter, weil ich etwas herausfinden wollte über den Zustand der Welt, das ich nicht schon vorher gewusst hatte. Was mich interessierte, war die Wirklichkeit hinter den Fernsehbildern: Nicht

weil ich Verschwörungstheorien zuneigte, als würden die Nachrichten aus Aleppo, Homs und Mossul von Fälschern manipuliert – eine abwegige Idee! Es ging um weniger und mehr zugleich, weil der Aggregatzustand des Krieges nicht nur den Körper, sondern auch die Seele verändert, wie Moleküle sich umstrukturieren, wenn Wasser gefriert oder zu kochen beginnt. Gleichzeitig war und ist die Gemengelage eines Krieges so komplex, dass sie sich nicht auf eine Bildunterschrift von ein oder zwei Zeilen Länge reduzieren lässt. Hierfür ein Beispiel: Während in Ruanda Hutu und Tutsi einander abschlachteten, kämpften in der angrenzenden Republik Kongo ein Dutzend ethnischer Milizen in wechselnden Allianzen gegeneinander, und die Regierungsarmee mutierte zu einer Kriegspartei unter vielen. Vielleicht war dies der Grund, warum das Gemetzel im Kongo, ähnlich wie die Stammeskriege in Liberia und Sierra Leone, in den Medien unterbelichtet blieb – abgesehen davon, dass Afrika auf der Prioritätenliste stets unter »ferner liefen« rangiert.
Außer der öffentlichen gab es auch eine private Agenda, neben der politischen eine persönliche Motivation, die mich bewog, meine Schreibstube zu verlassen und in Kriegsgebieten mein Leben zu riskieren – nach innen geht der geheimnisvolle Weg. Mehr als die Außenwelt interessierte mich, wie ich selbst reagieren würde auf eine unkalkulierbare Gefahr: Würde ich in Panik ausrasten oder eine nega-

tive Faszination verspüren angesichts von Gewalt und Tod? Weder das eine noch das andere – so viel sei jetzt schon gesagt, denn die Ideologie des Pazifismus war und ist mir ebenso suspekt wie Ernst Jüngers Kriegsverherrlichung und Ernest Hemingways Männlichkeitskult.

Wie den meisten Autoren fällt es mir schwer, über mich selbst zu schreiben und die private Agenda in Worte zu fassen, von der hier die Rede ist. Im November 1995, kurz nach meiner Rückkehr aus Grosny, starb meine Mutter, und ich schäme mich noch heute wegen der Rohheit, mit der ich ihr zu verstehen gab, die tödliche Krankheit, an der sie litt, sei harmlos im Vergleich zu den Kriegsgräueln, die ich in Ruanda und Tschetschenien erlebt hatte. Erst nachträglich, während ich diesen Satz in den Computer tippe, wird mir klar, welch unbewusste Motivation mich von einem Krisengebiet ins nächste trieb: der Wunsch, den individuellen Schmerz einzutauschen gegen ein überpersönliches Schicksal, das privates Leiden bedeutungslos werden ließ.

Drei Jahre zuvor war mein Vater verstorben, der nach seinem sechsundachtzigsten Geburtstag die Nahrungsaufnahme verweigerte und sich hinaushungerte aus dem Leben in den Tod. Um der Familie nicht zur Last zu fallen, hatte er seine Hinterlassenschaft geordnet und Fotoalben, Briefe und Dokumente in Kisten verpackt, bevor er den Hausarzt bat, ihn von der Krebskrankheit zu erlösen, die von innen her seine Eingeweide zerfraß. Den Fall der Mauer und die Wiedervereinigung hatte mein Vater enthusiastisch begrüßt, obwohl er kein Nationalist und auch kein glühender Patriot war, und dabei betont, der von Kohl und Genscher ausgehandelte Zwei-plus-Vier-Vertrag sei eine diplomatische Meisterleistung, auch wenn das Regelwerk vieles im Unklaren und manches zu wünschen übriglasse. Mein Vater wusste, wovon er sprach, denn er war promovierter Jurist und ein hochrangiger Diplomat, der Entschädigungsverfahren für Überlebende des Holocaust eingeleitet und die Bundesrepublik als Generalkonsul in Sydney und Marseille vertreten hatte, zuletzt als Botschafter in Kopenhagen und Bern. Er bereitete sich aufs Sterben vor in dem Bewusstsein, genug gesehen und erlebt zu haben: als Schüler im Ersten Weltkrieg und Student in der Weimarer Republik, als Bürgermeister im kriegszerstörten Wetzlar und Ministerialrat in Wiesbaden, bevor er ins Auswärtige Amt wechselte, wo er die Westbindung der Bundesrepublik und die Entspannungspolitik mitgestaltete, und zwischendurch in Haiti, wo er geboren wurde. Politisch gab es keinen Dissens zwischen meinem Vater und mir, aber ich war konsterniert und schockiert, als er mich kurz vor seinem Tod mit der Mitteilung überraschte, er rate meinen Freunden und mir, Kondome zu benutzen, um besser geschützt zu sein gegen Aids. »Ich bin nicht schwul«, sagte ich schroff, aber mein Vater hielt das für eine Ausrede, weil er sich nur so erklären konnte, warum meine Frau mich nach so und so vielen Ehejahren und der Geburt unserer Kinder verließ.

*

Es war nicht der erste Tote, den ich in Haiti zu Gesicht bekam, aber er hat sich tiefer als andere in mein Gedächtnis eingeprägt. Früh am Morgen – in Haiti gibt es keine Jahreszeiten, die Sonne geht pünktlich morgens um sechs auf und abends um sechs wieder unter – klopften Kinder ans Fenster der Souterrainwohnung, in der ich logierte. Ich rieb mir den Schlaf aus den Augen und trat im Pyjama vor die Tür. Ein kleiner Junge nahm mich an die Hand und führte mich durch den Vorgarten zur Straße. Der Tote lag auf dem Rücken mit offenen Augen und fragendem Blick, der vergeblich zu verstehen suchte, was ihm widerfuhr. Er trug ein gelbes Polohemd, Bluejeans und schwarze Slippers, von denen einer, vom Fuß abgeglitten, im Rinnstein lag. Noch hatte man ihm die Schuhe nicht gestohlen; vermutlich hatten seine Mörder ihn mit einem Kopfschuss getötet und aus dem fahrenden Auto gestoßen. Blut war nicht zu sehen; erst als ich mich über ihn beugte, entdeckte ich das von Pulver geschwärzte Einschussloch in der Schläfe. »Das ist ja furchtbar«, hörte ich mich sagen, aber die Kinder waren nicht einverstanden. »Non«, riefen sie unisono, »c'est la démocratie!«

Die Kinder hatten recht. Seit Haitis Diktator Baby Doc im Februar 1986 ins Exil geflohen war, seit dem

Ende der Duvalier-Diktatur also, hatte die Gewalt sich demokratisiert: Früher hatten die Tontons Macoutes nur Regimegegner und Oppositionelle getötet, jetzt aber machten die Todesschwadronen der Militärjunta Jagd auf Anhänger des gestürzten Präsidenten Aristide, und Mitglieder verfeindeter Drogengangs brachten sich gegenseitig um. Die Morde wurden nie aufgeklärt, und die IMPUNITÉ genannte Straflosigkeit war so sprichwörtlich geworden wie die GRAND MANGEURS, die großen Fresser, die die Nutznießer des alten Regimes verdrängten. Die Ziele der TRANSITION SANS FIN, Rechtsstaat und Demokratie, waren in weite Ferne gerückt, und wer der Polizei einen Mordfall meldete, lief Gefahr, selbst als Täter verhaftet zu werden. Ich verteilte Gummibärchen an die Kinder, die ich im Duty-Free-Shop gekauft hatte, und signalisierte ihnen mit an die Lippen gepressten Fingern, Stillschweigen zu bewahren. Bevor ich das Gartentor hinter mir schloss, machte ich ein Polaroid-Foto von dem Toten – wer weiß, wozu das Bild noch gut sein würde – und kroch zurück in mein Bett, um den versäumten Schlaf nachzuholen.

*

Sieben Jahre zuvor, im November 1987, war ich von San Diego, wo ich kreatives Schreiben unterrichtete, nach Port-au-Prince geflogen, um für das Hochglanzmagazin *GEO* über die Präsidentschaftswahlen in

Haiti zu berichten. Es war die erste demokratische Wahl nach dem Ende der Duvalier-Diktatur, und der Kontrast war schwer auszuhalten zwischen dem Seminar an der University of California, wo Kinder reicher Eltern Short Stories über Surfer schrieben – allein die Studiengebühr kostete zwanzigtausend Dollar – und dem Armenhaus Amerikas, wo der Chauffeur meiner Tante ein Pappschild mit meinem Namen hochhielt, während zerlumpte Kinder sich darum stritten, meinen Koffer tragen zu dürfen. »Bist du jetzt hier, wann fährst du wieder weg?« Mit diesem Ruf begrüßte mich meine Tante Jeanne, und das Aroma von abgestandenem Urin stieg mir in die Nase, während ich ihre kalte Hand drückte und ihr Küsse auf die mit Leberflecken gesprenkelten Wangen hauchte. Sie saß im Schaukelstuhl, ein kariertes Plaid auf den Knien, die mit Pillen vollgestopfte Ledertasche auf dem Schoß, die außer Nagelscheren, Schlüsselbünden und Brillenetuis Kopien ihrer Geburtsurkunde, ihren abgelaufenen Pass, ein Gebetsbuch und einen Rosenkranz enthielt. »Was führt dich zu uns?« – »Bleib nicht zu lange hier«, fügte sie, ohne meine Antwort abzuwarten, hinzu. »In Haiti macht man kolossal viel Politik, jeder will Präsident werden, und wer sich einmischt, wird umgebracht!« UMBRINGEN und KOLOSSAL waren Jeannes Lieblingswörter, ein fernes Echo der zwanziger Jahre, als sie in Deutschland studiert und bei Mary Wigman Ballettunterricht genommen hatte. Die Warnung war ernst gemeint: Reporter und Journalisten lebten gefährlich in dem Inselstaat; wer zu viel wusste und einem Zampano der haitianischen Politik in die Quere kam, der wurde einen Kopf kürzer gemacht. Ich hatte es schon lange aufgegeben, Matante Jeanne – so hieß sie auf Kreolisch – zu erklären, worin meine Arbeit bestand. Sie war senil und fast dement – kein Wunder nach allem, was sie durchlebt hatte – und verwechselte mich mit meinem Vater, mit dem sie bei Frau Best in der Wittmannstraße 31 in Darmstadt gewohnt hatte und wo sie in der Apostel Paulus-Kirche konfirmiert worden war. Frau Best, eine entfernte Verwandte, hielt den Papst in Rom für das Oberhaupt einer jüdischen Verschwörung und bestand darauf, die ihr anvertrauten Kinder, obwohl sie katholisch getauft waren, protestantisch zu erziehen.

*

Im Traum fahre ich immer dieselbe steil abfallende Straße hinab. Sie heißt Rue Panaméricaine und verbindet den Villenvorort Pétionville, wo die Reichen wohnen, mit der am Hafen gelegenen Unterstadt. Ich fuhr im Leerlauf, um Benzin zu sparen. An der Abzweigung zum Hotel Montana, einer Luxusherberge für Diplomaten und Journalisten, überholte mich ein olivgrüner Lastwagen, auf dessen Ladefläche Soldaten standen. Nein, keine Soldaten, es waren Paramilitärs in gescheckten Kampfanzügen, Leoparden genannt, eine von Baby Doc geschaffene Spezialtruppe, die die Drecksarbeit erledigte für Haitis ständig wechselnde Regimes. Auf dem Beifahrersitz ein als Attaché bezeichneter Zivilist mit Sonnenbrille, der einen imaginären Revolver auf mich richtete und lächelnd abdrückte: Piffpaff! Ich hörte einen trockenen Knall, vielleicht war es auch eine Fehlzündung, und ich weiß bis heute nicht, ob der Attaché wirklich geschossen oder ob er nur den wie eine Pistole ausgestreckten Zeigefinger auf mich gerichtet hat.

An der Einmündung der Rue Panaméricaine in die Avenue Martin Luther King stoppte ich. Hier befand sich die einzige Verkehrsampel der Stadt, die der mich überholende Lastwagen bei Rot überfuhr, mit Vollgas, ohne zu bremsen oder entgegenkommende Autos mit Hup- und Lichtsignalen zu warnen. Zum Glück war an diesem Morgen kaum jemand unterwegs, Port-au-Prince war ausgestorben, es war Sonntag, der 29. November 1987, und heute sollten die ersten freien Wahlen seit dem Ende der Diktatur stattfinden, ich sagte es schon. Die Texaco-Tankstelle an der Kreuzung brannte; öliger Rauch stieg aus einer Zapfsäule, davor lag der Tankwart in einer sich vergrößernden Blutlache; Anwohner hatten ein Bettlaken über den Toten gebreitet.

Ich schaltete herunter in den zweiten Gang und bog nach rechts ab in die Ruelle Vaillant, eine Sackgasse, an deren Ende sich eine als Wahllokal dienende Schule befand, wo ich mich mit Alain, einem französischen Fotografen, verabredet hatte, um Interviews und Fotos zu machen. Brandgeruch lag in der Luft, der Wind trieb zerknüllte Wahlzettel über den mit Glasscherben gesprenkelten Asphalt. Links und rechts der Straße lagen zerschossene Autowracks, an denen ich langsam, im Schritttempo, vorbeirollte. Ich parkte an der Auffahrt und ging mit zitternden Knien auf das Schulgebäude zu, ein Gingerbread-House der Jahrhundertwende mit im ersten Stock umlaufender Galerie. Wie die meisten Reporter, die sich in Haiti ein Stelldichein gaben, rechnete ich mit allem Möglichen, aber was ich beim Betreten des Schulhofs sah, übertraf meine schlimmsten Erwartungen. Das also war die Wirklichkeit, die sich hinter den Fernsehbildern verbarg, genauer gesagt: Dies waren die Bilder, die das Fernsehen den Zuschauern ersparte. Der Zementboden war übersät mit von den Vereinten Nationen ausgestellten Wahlausweisen, deren Inhaber vor der Wahlkabine Schlange standen, als das Unvorstellbare geschah. Nicht nur Treppen und Flure, Pulte und Bänke, selbst die Wandtafeln in den Klassenzimmern waren mit Blut bespritzt. Ich stieg über Tote hinweg, die mit weit aufgerissenen Augen ins Leere starrten, vorbei an Sterbenden, die wie im Schlaf röchelten, und es dauerte lange, bis ich begriff, was geschehen war: Statt, wie befürchtet, das Wahlergebnis zu manipulieren oder die Wahlen zu annullieren, nahm ein Mordkommando der Armee die im Schulhof anstehenden Wähler unter Beschuss, Schüler und Studenten, die erstmals ihr Wahlrecht

ausübten – erst vor kurzem hatte das Verfassungsgericht das Wahlalter auf achtzehn gesenkt. Während Alain Fotos machte und ich die Toten zählte, hörte ich ein Motorengeräusch im Hof. Der olivgrüne Lastwagen, der mich überholt hatte, hielt mit quietschenden Bremsen, zwei Paramilitärs schritten die Reihen der Toten und Sterbenden ab und liquidierten Schwerverletzte mit Kopfschüssen. Anschließend schleiften sie die Leichen quer über den Schulhof, packten sie an Händen und Füßen und warfen sie auf die Ladefläche des LKW, der, eine Blutspur hinter sich herziehend, wegfuhr mit unbekanntem Ziel.
Das Massaker hatte ein Nachspiel. Drei Tage später, auf einer Pressekonferenz im Präsidentenpalast, fragte ich General Namphy, den Chef der Militärjunta, warum die Armee von Haiti die eigene Bevölkerung massakriert. »Das Volk ist undankbar«, sagte der pockennarbige General, der stark stotterte, aber die graue Eminenz des Regimes, ein Zivilist mit Sonnenbrille, gab ihm zu verstehen, dass er Unsinn rede. »Also gut«, fuhr der General, an mich gewandt, fort: »Ihnen ist nichts passiert. Deshalb haben Sie kein Recht, mir diese Frage zu stellen. Haiti ist ein souveränes Land, und unsere Armee darf töten, wen auch immer sie will, solange es sich um Haitianer handelt und nicht um ausländische Staatsbürger!«

*

Nein, ich bin nicht schwul, aber es hat Vorkommnisse gegeben, wie Fritz Bauer, der Staatsanwalt im gleichnamigen Film, zu seinem Assistenten sagt: Es gab Vorkommnisse, die seine Gegner ins Feld führten, um den Auschwitz-Prozess zu torpedieren und Bauer daran zu hindern, Eichmanns Versteck in Argentinien dem Mossad mitzuteilen. Aber ich komme vom Thema ab. Der Punkt ist ein anderer, und kein Geringerer als mein Freund Peter S., ein Schriftsteller, der die Dinge beim Namen nennt, ob es den Betroffenen nun passt oder nicht, hat meine Ausflüchte durchschaut und es mir ins Gesicht gesagt: »Nicht der Tod deiner Eltern oder irgendwelche literarischen Ambitionen haben dich motiviert, Reportagen zu schreiben und in Krisengebieten dein Leben zu riskieren. Du bist auf der Flucht vor dir selbst, genauer gesagt vor deiner gescheiterten Ehe, und hast dich kopfüber in die Gefahr gestürzt in der Hoffnung, von einer verirrten oder mit Bedacht gezielten Kugel getroffen zu werden!« Peter ist ein furchtloser Denker und zieht die Logik der Dialektik vor, deren Zwar-und-Aber-Mechanik so blechern klingt wie Gottfried Benns Vers: »Durch die Leere / klirrt eine zu Boden gefallene Schere«. Indem er den Finger auf die Wunde legte, öffnete er mir die Augen und brachte die Dinge auf den Punkt. Ja, so könnte es gewesen sein: Ich war auf der Flucht vor mir selbst, einer gescheiterten Ehe und und und – hier stimmt die dümmliche Redensart. Wem das banal erscheint, möge bedenken, dass Einblicke ins Unterbewusste, wie sie in Ratgebertexten vermarktet werden, heute so trivial geworden sind wie die Werke der Weltliteratur, wenn man sie auf ihren nackten Kern reduziert: Liebe und Tod, Eifersucht, Verrat, Machtstreben, Geldgier usw. Ich war auf der Flucht vor mir selbst, lebensmüde, wenn man so will, doch kein Bajonett, keine Kugel, kein Schrapnell erbarmte sich meiner, ich blieb unverletzt, und ohne es zu wollen, ganz nebenbei, wurde ich zum Waffenexperten, der ein belgisches FAL-Sturmgewehr von einem deutschen G3 oder einer amerikanischen M16 Rifle unterscheiden konnte, zu schweigen von einer Uzi oder Kalaschnikow, russisch Awtomat, deren Erfinder hochbetagt und hochgeehrt im Altersheim starb. Und ich ertappte mich dabei, dass ich enttäuscht war, wenn kein Blut floss in einem Kriegs- oder Krisengebiet, denn bald schon war ich dermaßen verroht und abgestumpft, dass mir Extremsituationen normal vorkamen, während ich die sogenannte Normalität unerträglich fand. Die Erfahrung von Krieg und Gewalt hatte sich verstetigt und verfestigt zu einer Sucht, und wie ein Junkie brauchte ich immer stärkere Dosen der Droge, um weiterzumachen. Als mir das klar wurde, beschloss ich noch einmal, mein Leben zu ändern und die Arbeit als Krisenreporter an den Nagel zu hängen.

*

Warum massakriert die Armee von Haiti das eigene Volk? Die Antwort ist so vielschichtig und komplex wie die Frage, warum ich stets aufs Neue, Jahr für Jahr, Haiti besuche, einen gescheiterten Staat, der nur durch menschengemachte Desaster oder Naturkatastrophen von sich reden macht und am untersten Ende der Statistik rangiert: die Arbeitslosenrate und die Analphabetenquote liegen bei sechzig Prozent, Tuberkulose und Aids sind endemisch, ganz zu schweigen von durch Mangelernährung verursachter Kindersterblichkeit. Als mein Großvater Anfang des vorigen Jahrhunderts in Port-au-Prince eine Apotheke eröffnete, war Haiti eine grüne Insel mit einer halben Million Bewohnern, die von Subsistenzwirtschaft lebten; Bananen, Maniok und Mais wuchsen fast von selbst, niemand litt Hunger. Inzwischen sind es geschätzte vierzehn Millionen, Überbevölkerung und Umweltzerstörung bedingen sich gegenseitig: Die Bergwälder wurden zu Holzkohle verarbeitet, die Regenzeit bleibt aus und Wasser wird knapp; gleichzeitig schwemmt der Sturzregen Ackererde ins Meer, in dem es kaum noch Fische gibt, und die Bergbauern müssen sich anseilen wie Alpinisten, um Steilhänge zu bepflanzen.
Dies ist das Land meiner Väter, wo schwarze Sklaven sich selbst befreiten und, inspiriert von den Ideen der Französischen Revolution, die Kolonialherren vertrieben; anschließend schlugen sie die von Napoleon entsandte Expeditionsarmee in die Flucht und grün-

deten 1804 eine Republik, deren Verfassungspräambel besagt: »§ 1 – Auf dem Territorium von Haiti ist die Sklaverei für immer abgeschafft. § 2 – Alle Einwohner Haitis sind Neger, auch die Deutschen und Polen.« Letztere hatten sich im Zuge des Befreiungskampfs den Aufständischen angeschlossen, und NÈGRE war und ist hierzulande kein Schimpfwort, sondern gleichbedeutend mit Mensch. Die Haitianer sind stolz auf ihre Geschichte, aber nach der teuer erkauften Unabhängigkeit ging das Land den Bach runter, weil nicht sein kann, was nicht sein darf: Eine von Sklaven gegründete Republik war in der historischen Agenda nicht vorgesehen, und erst unter Abraham Lincoln, sechzig Jahre nach seiner Gründung, erkannten die USA den Inselstaat an. Haiti wurde zum Spielball rivalisierender Großmächte, die nach Belieben Regierungen stürzten oder installierten – auch das deutsche Kaiserreich mischte mit. Korruption und Despotie gingen Hand in Hand, und die aus der Kolonialzeit ererbte Menschenverachtung setzte sich fast naturwüchsig durch. Tiefpunkt der aus dem Ruder laufenden Entwicklung war die Voodoo-Diktatur von Papa Doc, einem ehemaligen Landarzt, dessen Tonton Macoute genannte Killertrupps jahrzehntelang die Bevölkerung terrorisierten. Er bezeichnete sich als immaterielles Wesen, JE SUIS UN ÊTRE IMMATÉRIEL, und führte statt des Vaterunsers ein obligatorisches Schulgebet ein unter dem Motto: »Papa Doc, der du regierst im Nationalpalast, zerschmettere deine Feinde«, wobei er sich auf Jesus Christus Mohammed Mao Atatürk Hitler und Stalin berief. François Duvalier ernannte sich selbst zum Staatschef auf Lebenszeit und setzte seinen Sohn Jean-Claude zum Nachfolger ein, ehe er eines natürlichen Todes starb. Dazu musste eigens die Verfassung geändert werden, weil Baby Doc minderjährig war.

Die neunundzwanzig Jahre währende Diktatur von Vater und Sohn Duvalier hat Haiti zugrunde gerichtet. Anwälte, Ärzte, Architekten, Schriftsteller, Künstler und Intellektuelle verließen das Land, andere wurden ermordet oder verschwanden für immer in den Kerkern des Regimes, und von dem Aderlass hat Haiti sich nie wieder erholt. Ohne Kenntnis der Geschichte wird die Gegenwart unverständlich, so wie das heutige Deutschland nur vor dem Hintergrund des Zweiten Weltkriegs, der Naziherrschaft und der Judenvernichtung zu verstehen ist.

Meine Reisen in Kriegs- und Krisengebiete haben mich gelehrt, dass das Böse existiert – auch in mir selbst. Das ist keine Frage der Moralphilosophie oder Theologie, sondern eine praktische Einsicht: Wenn das Gewaltmonopol des Staates zusammenbricht oder in falsche Hände gerät – beides läuft auf dasselbe hinaus –, tritt die Bestie hervor, die in jedem von uns steckt: »Nicht das Objekt der Lust«, schreibt der Marquis de Sade, »die Idee des Bösen ist es, die uns erregt.« Das gilt nicht nur für Kindersoldaten

und junge Männer (oder Frauen) zwischen sechzehn und sechsunddreißig, denen es Spaß macht, Gewaltphantasien auszuleben, zu foltern, zu morden und zu vergewaltigen – die Warlords, Schreibtischtäter oder Chefideologen des Terrors sind in der Regel ältere Semester. Es hat keinen Sinn, die Bösewichter zu dämonisieren: Sie sind weit entfernt von der intellektuellen Brillanz eines Mephisto, neben dessen scharfzüngiger Rhetorik Faust alt aussieht. Eher erinnern sie an Fausts Famulus Wagner, denn ihr kleinster gemeinsamer Nenner ist die Banalität – der Titel von Hannah Arendts Buch trifft den Nagel auf den Kopf. All jene, die das Glück oder Pech hatten, Osama Bin Laden oder Pol Pot persönlich zu begegnen, waren schockiert von deren Mediokrität. Die Vordenker des islamistischen Terrors wie auch des kambodschanischen Völkermords werden als höflich und sanftmütig geschildert: SORRY, VERY SORRY, gab Khieu Samphan vor dem UN-Tribunal in Phnom Penh zu Protokoll, und sein Kollege Nuon Chea fügte hinzu, auch die Tiere täten ihm leid, die unter der Herrschaft der Roten Khmer gelitten hätten.
MEIN NAME IST LEGION, sagt der Geist des Bösen im Markus-Evangelium: Hitler Himmler Goebbels Göring / Stalin Wyschinski, Ždanow Beria / Honecker Hager Mielke Melsheimer / Somoza Trujillo Papa Doc und Baby Doc. Die Liste lässt sich endlos fortschreiben, und in der Regel sind es niedere Dämonen, verkrachte Existenzen oder deklassierte Intellektuelle,

deren in Leihbüchereien und Hinterzimmern ausgebrütete Machtphantasien Racheakte für echte oder eingebildete Frustrationen sind. Radovan Karadžić zum Beispiel, der das multikulturelle Sarajewo in seinen Gedichten in Flammen aufgehen ließ, bevor er die Stadt mit Artilleriegeschützen in Brand schoss; oder Jossif Wissarionowitsch Džugaschwili, genannt Stalin, der schon 1895 in einem auf Georgisch geschriebenen Poem das Mordprogramm ankündigte, das er später in die Tat umsetzte: »Ruhm und Ehre hätten gebührt / für des Fremden Lautenklang / doch der Pöbel kredenzt eine Schale / gefüllt mit giftigem Trunk. / Trink – sprachen sie – du Verfluchter, / dein Los sei nun erfüllt. / Denn wir wollen nicht deine Wahrheit / verkündet mit himmlischer Stimme.«

*

An einem sonnigen Nachmittag im »Deutschen Herbst« 1977 ging ich mit Herbert Marcuse am Pazifikstrand im südkalifornischen La Jolla spazieren. Der Philosoph, ein rüstiger Greis mit schlohweißem Haar, dem man sein Alter nicht ansah, trug eine helle Leinenhose und einen Sportpullover, während ich, mit Turnschuhen in der Hand, barfuß neben ihm herlief. Unser Gespräch drehte sich, wie meist in diesen Tagen, um die Entführung des Arbeitgeberpräsidenten Schleyer und um das Ultimatum der Rote Armee Fraktion, die im Austausch für Schleyer die Freilassung inhaftierter Gesinnungsgenossen forderte. »Was ist los mit der deutschen Polizei?«, seufzte Marcuse, »früher wäre so etwas nicht passiert!« Damit meinte er nicht etwa Übergriffe der Staatsmacht gegen sogenannte Sympathisanten, sondern die Unfähigkeit der Behörden, die Terroristen dingfest zu machen. »Was ist der Unterschied zwischen für die Sache des Sozialismus berechtigter, vielleicht sogar notwendiger Gewalt und Terror oder Mord?«, setzte er mit Blick auf eine geplante Podiumsdiskussion hinzu: »Das sollte das Thema sein!« Vom Reden erschöpft, blieb Marcuse stehen und blinzelte in die untergehende Sonne, die den Wasserhorizont mit einem Meer von Blut überzog. Wir sahen den Surfern zu, die mit hochgeworfenen Armen, wie sterbende Soldaten, in der Brandung versanken, bevor sie, auf dem Bauch liegend, ins Meer hinauspaddelten, um mit der nächsten Welle ihr Glück zu versuchen; manchmal erreichte einer von ihnen das Ufer und rutschte knirschend durch den nassen Sand, bevor sein Surf-Board zum Stillstand kam. Um Marcuse aufzumuntern – es war ihm peinlich, dass man ihn mit dem Terror der RAF in Verbindung brachte –, erzählte ich ihm, was Timothy Leary in der Los Angeles Times über Surfer geschrieben hatte: »Du kannst auf Gehirnwellen reiten wie auf der Dünung des Ozeans. Das ist Einstein'sche Poesie, die Basis der postterrestrischen Freiheit ...« – Unsinn, brummte Marcuse, das sei weder Poesie noch Frei-

heit, sondern wie alles, was der Drogenpapst von sich gebe, Quark.
Mir fiel ein, dass die in einem Labor der University of California entdeckten Bausteine der Materie QUARKS hießen, aber das behielt ich für mich. Während wir über Fragen einer marxistischen Ethik stritten, schwebte lautlos, an einem Gestell aus Holz und Segeltuch hängend, ein Drachenflieger herab und landete vor unseren Augen im Sand. Der Vogelmensch entzog unseren Diskussionen den Boden, so wie der erste Blick durch ein von Galilei konstruiertes Fernrohr das Weltbild der Scholastik und dessen unumstößliche Dogmen wortlos widerlegt hatte. Der Traum vom Fliegen sei viel älter als der Mythos von Dädalus oder die Legende des Schneiders von Ulm, sagte Marcuse nach einer Denkpause, und habe wenig gemein mit lärmenden Jets, in deren Düsenaggregaten Zugvögel verendeten. »Der Segel- und Gleitflug, von dem die Pioniere der Luftfahrt träumten, ist zum Volkssport geworden, den Menschen sind Flügel gewachsen, und das hat Auswirkungen nicht nur auf den Körper, sondern auch auf den Geist.« – »Also hat Timothy Leary doch recht?«

*

Mein Bericht aus Haiti wäre unvollständig ohne Aufstieg und Fall des Hoffnungsträgers Aristide, der sich als herbe Enttäuschung erwies. Ich weiß, wovon ich spreche, denn ich habe Aristide persönlich gekannt.

Im November 1987, als ich ihm erstmals begegnete, leitete er eine Basisgemeinde am Stadtrand von Port-au-Prince. Obwohl er einem Mordanschlag mit knapper Not entgangen war, öffnete er seine Kirche für Marktfrauen, deren Stände die Schimären genannten Nachfolger der Tontons Macoutes niederbrannten. Die Händlerinnen wurden mit Gewehrkolben malträtiert und mussten im Chor VIVE L'ARMÉE rufen, während Paramilitärs einen Schuhputzjungen halbtot prügelten. Aristide sammelte Geld für die Opfer und sprach den verängstigten Frauen Mut zu. Er rief dazu auf, die Wechsler aus dem Tempel zu jagen und die Tische umzustürzen, an denen die Reichen prassten, während für die Hungrigen nur Krümel abfielen, und machte aus seiner Kritik an der katholischen Kirche keinen Hehl. 1988 wurde er aus dem Salesianer-Orden ausgeschlossen und vom Priesteramt entbunden, da er sich geweigert hatte, der Politik abzuschwören. Die Verfolgung durch Staat und Kirche machte den Befreiungstheologen doppelt populär. Als ich ihn im Februar 1991 wiedertraf, hatte das haitianische Volk ihn mit großer Mehrheit zum Staatschef gewählt – ein Erdrutschsieg, passend zur Bedeutung des kreolischen Wahlslogans LAVALAS, Sturzflut oder Lawine.
Ich erinnere mich, als sei es gestern gewesen: Während in Kuweit der Golfkrieg begann, fand in Haiti die Amtseinführung des ersten demokratisch gewählten Präsidenten statt. Aristide hatte mich zu dem

Festakt eingeladen, aber die Maschine hatte Verspätung und landete erst um Mitternacht in Port-au-Prince – ohne mein Gepäck, das nach Tahiti umgeleitet worden war, wie die Air France bedauernd erklärte. Am nächsten Morgen pochte ich früh um sechs an das verschlossene Tor der deutschen Botschaft. Der Wachmann richtete ein Gewehr auf mich, und erst als man meine Identität überprüft und mich nach Waffen durchsucht hatte, erschien der Botschafter und führte mich über knirschenden Kies ins Haus, wo ich mir aus seinem Kleiderschrank einen Anzug und ein Hemd mit Krawatte entlieh. Zwei Stunden später standen wir eingekeilt in einer singenden und tanzenden Menge, durch die der Autokonvoi der Diplomaten nur im Schritttempo vorwärtskam, auf dem Marsfeld vor dem Präsidentenpalast. Ein Polizist bat mich, ihm bei der Auflösung des Verkehrsstaus zu helfen – die Krawatte verlieh mir Autorität – und nach kurzer Zeit war mein Hemd durchgeschwitzt. Port-au-Prince war mit Fahnen und Parolen geschmückt, in denen Aristide als Messias gefeiert wurde; die Einwohner der Armenviertel hatten die Nacht durchgetanzt und waren vom Freiheitstaumel und Zuckerrohrschnaps aufgeputscht bis zum Delirium. Wir bahnten uns einen Weg zur nah gelegenen Kathedrale, die von ekstatisch zuckenden Zuschauern belagert wurde; nach dem Bad in der Menge vermisste der Botschafter sein Portemonnaie. Unter Einsatz der Ellbogen gelang es

uns, in die für Diplomaten reservierten Sitzreihen vorzudringen, und wir sahen, wie eine alte Bauersfrau dem Katholiken Aristide ihren Voodoo-Segen erteilte. Doppelt genäht hält besser.
Beim Empfang im Nationalpalast wurden Rumcocktails und haitianische Spezialitäten serviert, denen die Gäste zögerlich oder gar nicht zusprachen. Nur Jesse Jackson, der zusammen mit Jimmy Carter die Wahl überwacht hatte, biss todesmutig in eine Paprikaschote. Die Reste des Büfetts wurden an Straßenkinder, Obdachlose und Krüppel verteilt, deren Anwesenheit im Zentrum der Macht ein Politikum war. TOUT MOUN SÉ MOUN – jeder Mensch ist ein Mensch, sagte Präsident Aristide auf Kreolisch, während er einer blinden Bettlerin Suppe einflößte, und rief zur friedlichen Überwindung von Armut und Unterentwicklung auf. Noch am selben Tag versetzte er ranghohe Offiziere und Mitglieder des Generalstabs, die sich nicht im Kampf gegen äußere Feinde, sondern als Unterdrücker des eigenen Volks hervorgetan hatten, in den Ruhestand. Auf der Ehrentribüne sitzend, sah ich, wie den Generälen die Kinnladen herunterklappten und ihre Gesichter grün wurden vor Zorn: kein gutes Omen für die Zukunft des demokratisch gewählten Präsidenten, den sechs Monate später ein Offiziersputsch aus dem Amt jagte. Erst im Herbst 1994 kehrte Aristide unter dem Schutz der US-Marines nach Port-au-Prince zurück – sein Duzfreund Bill Clinton hatte den Militäreinsatz

befohlen. Doch in der Folgezeit trat der Ex-Armenpriester in die Fußstapfen diktatorisch regierender Vorgänger, ließ Kritiker mundtot machen und öffnete Kolumbiens Drogenmafia Tür und Tor, bis ein Aufstand der Zivilgesellschaft ihn stürzte und aus Haiti vertrieb.

*

ALLES QUARK, brummte Herbert Marcuse, dem ich in der Garage seines Hauses gegenübersaß. Seine Frau hatte ihm das Rauchen verboten, und wie Schulbuben trafen wir uns heimlich in der Garage, um Zigarren zu rauchen: ALLES QUARK. Mir war nicht klar, worauf seine Unmutsäußerung sich bezog, auf Timothy Leary oder auf die Tatsache, dass Hanns Martin Schleyer, von Kugeln durchbohrt, im Kofferraum eines parkenden Autos gefunden worden war – die Hypothese, linke Gewalt sei weniger unmenschlich als rechter Terror, war damit widerlegt. »Schau dir das an!« Wie nach 1968 üblich, duzten wir uns, was mir wegen des Altersunterschieds schwerer fiel als ihm. Der Philosoph reichte mir ein zerfleddertes Reclam-Heft und bat mich, eine mit Bleistift markierte Passage laut vorzulesen: »Wir sehen, dass in dem Maße, als, in der organischen Welt, die Reflexion dunkler und schwächer wird, die Grazie darin immer strahlender und herrschender hervortritt.« – »Wer hat das geschrieben? Heinrich von Kleist«. Ich schwieg ehrfurchtsvoll.

MÜLLERMATERIAL

Mein Vater starb in der Nacht zum 8. November 1992. Am Tag darauf nahm ich an einer Protestkundgebung gegen Ausländerfeindlichkeit teil, zu der Bundespräsident Weizsäcker und der Suhrkamp Verlag aufgerufen hatten. Vorausgegangen waren Brandanschläge auf Asylantenheime in Rostock und Hoyerswerda, bei denen der von Neonazis aufgehetzte Mob Beifall klatschte und die Löscharbeiten behinderte. Die Kundgebung wirkte gespenstisch, passend zum trüben Novemberwetter: Regierung und Opposition demonstrierten gemeinsam gegen das Volk, das sich, anders als Jahre später bei sogenannten Pegida-Protesten, kopfschüttelnd abseits hielt und die politische Klasse im Regen stehen ließ. Es war der dritte Jahrestag des Mauerfalls: Berlins Zivilgesellschaft und alle im Bundestag vertretenen Parteien wollten ein Zeichen setzen und sich unmissverständlich distanzieren von Fremdenfeindlichkeit und rassistischer Gewalt. Die Marschroute führte kreuz und quer durch den Ostteil der Stadt, vom Brandenburger Tor zum Alexanderplatz und vom Roten Rathaus über die Leipzigerstraße zum Potsdamer Platz – oder war es umgekehrt? Helmut Kohl lief vorneweg, umgeben von Leibwächtern und Mitgliedern seines Kabinetts, und ich reihte mich in den Oppositionsblock ein, wo ich neben Oskar Lafontaine her trottete und wissen wollte, wie ihm zumute sei angesichts der finster blickenden Passanten am Straßenrand – erst kürzlich hatte er eine Messerattacke mit knapper Not überlebt. »Ja, das Urvertrauen ist weg«, murmelte Lafontaine, als jemand HÄNDE HOCH rief und mir einen Regenschirm in den Rücken stieß. Es war Heiner Müller, den ich früher regelmäßig besucht, in letzter Zeit aber aus den Augen verloren hatte. Nicht weil ihm der Ruhm zu Kopfe gestiegen war, sondern weil sein übervoller Terminkalender jede Verabredung durchkreuzte. Ich erzählte ihm, dass mein Vater im Lauf der Nacht verstorben war, nachdem er immer weniger zu sich genommen und zuletzt die Nahrungsaufnahme ganz verweigert hatte. Jahre später, nach Heiner Müllers durch Whisky und Zigarren beschleunigtem, frühen Tod, entdeckte ich folgenden Text in der Gesamtausgabe seiner Gedichte: »Ein Jahr und länger habe ich meinen Freund nicht gesehn / Wie hast du gelebt in den zwölf und mehr Monaten seitdem / Frage ich ihn MEIN VATER IST GESTORBEN / Sagt er Und wieder weiß ich dass er mein Freund ist / Ein Mann nach seinem Herzen Unbestechlich«

*

Persönlich begegnet bin ich Heiner Müller erstmals im Oktober 1974 beim Steirischen Herbst in Graz. Damals hatte ich nicht mehr von ihm gelesen als im *Kursbuch* publizierte Szenen aus Müllers Drama Der Lohndrücker, die mir wie eine Parodie des sozialistischen Realismus vorkamen: Kein Wunder, dass der Text in der DDR weder gedruckt noch aufgeführt werden durfte. »Jetzt frag ich dich: Wer kann sich Butter kaufen für 60 Mark? – So viel Geld hat nicht jeder. – Es kriegt auch nicht jeder eine Prämie. – Hände waschen, Fräulein, das Geld stinkt. – Genau wie früher. Der Arbeiter ist der Dumme.«
In Graz las Heiner Müller mit leiser, fast tonloser Stimme Auszüge aus seiner Bühnenbearbeitung von Fjodor Gladkows Roman Zement, wo ein bornierter Parteifunktionär die Bibliothek eines Bildungsbürgers vor dem revolutionären Furor seines Sohnes rettet: Ein Wink mit dem Zaunpfahl an die Adresse radikaler Bilderstürmer – nach 1968 hatte die Missachtung des kulturellen Erbes im Westen Hochkonjunktur.
»Ich weiß nicht, was Realismus ist, aber ich weiß, was Angst aus Liebe ist« – mit diesem Satz eröffnete ich meine Rede beim Steirischen Herbst zum Thema Realismus. Kurz zuvor hatte meine Frau mir mitgeteilt, nach der Geburt zweier Kinder wolle sie mich verlassen, und in meinem Beitrag schlug ich den Bogen von Marx, der seine Putzfrau schwängerte, und Lenin, der Debatten über freie Liebe verbot, bis zur

Gegenwart, wo es als Reaktion auf die Politisierung wieder um subjektive Betroffenheit ging. Heiner Müller war beeindruckt und erzählte, wie er nach dem Selbstmord seiner Frau Inge Müller auf dem Küchenboden kniete und Lust bekam, noch einmal mit der Toten zu schlafen. Stattdessen drehte er sich eine Zigarette und hätte eine Gasexplosion ausgelöst, hätte die telefonisch alarmierte Polizei ihm nicht das Feuerzeug aus der Hand geschlagen.

Zeit seines Lebens faszinierte Müller die als privat tabuisierte Kehrseite von Geschichte und Politik, eine Wechselwirkung, deren Dialektik er in seinen Dramen thematisiert und exemplifiziert – von der Weiberkomödie bis zum Herzstück. Dazu gehört auch die Geschichte seiner Audienz bei Erich Honecker, die er spätabends, bei Whisky und Zigarren, umwerfend zu erzählen verstand.

MÜLLER, sagte der Staatsratsvorsitzende und blätterte in der vor ihm liegenden Kaderakte: »Der Name kommt mir bekannt vor.« – »Richtig«, rief Heiner Müller, seine Chance witternd: »1951 trat ich mit einer Lyrik-Brigade der FDJ bei den Weltjugendfestspielen auf.« Erich Honecker strahlte: »Das waren schöne Zeiten. Damals haben die Schriftsteller noch keine Schwierigkeiten gemacht. Was führt dich zu mir, Genosse!« Heiner Müller berichtete dem Staatsratsvorsitzenden, dass er Ginka Tscholakowa heiraten wolle, eine Bulgarin, die wegen ihrer Liebesaffäre mit einem US-Bürger von der Stasi nach Sofia abgeschoben worden war. »Es gibt viele hübsche Mädels in unserer Republik«, sagte Erich Honecker. »Hand aufs Herz, Genosse – liebst du sie wirklich?« – »Ich glaube schon.« – »Und wie stehst du zu unserer Republik?« Heiner Müller wurde abwechselnd heiß und kalt. Eine zu positive Antwort klang unglaubwürdig, eine negative schied aus, denn trotz anderslautender Beteuerungen war der Parteichef allergisch gegen Kritik. »Mir gefällt's hier«, sagte Müller lapidar. Honecker strahlte. »Also meinetwegen, ihr könnt heiraten.« – »Dürfen wir auch in den Westen reisen?« – »Ja, aber ihr müsst zurückkommen in die DDR!« Der Staatsratsvorsitzende drohte ihm scherzhaft mit dem Finger.

In Kunst und Literatur dürfe es keine Tabus geben, hatte Honecker bei seinem Amtsantritt erklärt, und die Teilnahme am Steirischen Herbst war ein Privileg, auf das andere DDR-Autoren vergeblich hofften. Zuvor war Müller wegen seines Stücks Die Umsiedlerin, dessen Premiere Walter Ulbricht unter Protest verließ, in Ungnade gefallen und hatte sich mit Übersetzungen und Klassiker-Adaptionen über Wasser gehalten. Trinkfest und unternehmungslustig wie er war, animierte Müller mich zum Besuch einer Striptease-Bar, der einzigen Kneipe in Graz, die bis zum Morgengrauen geöffnet hatte. Auf dem matt beleuchteten Podium zog eine Blondine sich aufreizend langsam aus, durch Zurufe angestachelt von einem Betrunkenen, dem das Ganze nicht schnell genug ging. Als der

Gast sie anpöbelte, verlor die Frau die Nerven und goss ihm Bier auf den Kopf. Der Wirt trat dazwischen, die Tänzerin wurde auf der Stelle entlassen und rannte halbnackt, ein Kleiderbündel im Arm, auf die Straße. In meiner Erinnerung schneite es – ein verfrühter Wintereinbruch. Ich war empört, aber Heiner Müller fand den Vorgang ganz normal – so sei sie nun mal, die kapitalistische Gesellschaft. Ähnlich wie Brecht hielt er nichts von individuellem Mitleid, das soziale Gegensätze verkleistere, statt sie durch Zuspitzung sichtbar zu machen. Dass er dabei auch das Gegenteil mitbedachte, zeigt ein Kalauer, den er gern zum Besten gab: Im Kapitalismus beutet der Mensch den Menschen aus – im Sozialismus ist es umgekehrt.

Ein Jahr danach, im Herbst 1975, traf ich Heiner Müller zufällig bei einem Buchantiquar am Boulevard Saint Germain in Paris. Er riet mir, die im Schaufenster ausliegende Biographie von Haitis Freiheitsheld Toussaint Louverture zu kaufen und unter meinem Namen zu veröffentlichen: eine Anspielung auf mein bei Wagenbach erschienenes Buch Die Scheidung von San Domingo, das er für die Dramatisierung einer Novelle von Anna Seghers benutzt hatte. Müller interessierte sich für Haiti und gab mein Buch weiter an Anna Seghers, die sich brieflich bedankte und mich wissen ließ, sie habe Jacques Roumain gekannt, den Gründer der Kommunistischen Partei und Botschafter Haitis in Mexiko, dessen Roman Herren über den Tau posthum in alle Weltsprachen übersetzt wurde. Und sie ließ durchblicken, dass Jacques Roumain schwul gewesen sei: Umgeben von attraktiven Jünglingen, habe er in Mexiko wilde Partys gefeiert. Hier schließt sich der Kreis, denn Roumain war ein Jugendfreund meiner Tante Jeanne, die energisch protestierte, als ich ihr sagte, dass ihr Schulkamerad schwul und noch dazu Kommunist gewesen sei: »Das ist nicht wahr. Jacques Roumain kam aus einer guten Familie und trug stets ein frisch gebügeltes Seidenhemd!«

*

Heiner Müller war ein *poeta doctus,* der sich ungeniert bediente aus dem Fundus der Weltkultur. Als ich ihn in seiner Altbauwohnung in Pankow besuchte, später zog er in einen Plattenbau am Ostberliner Tierpark, blätterte er in einer Anthologie mit Texten australischer Ureinwohner, auf der Suche nach einem zitierfähigen Satz für ein *Spiegel*-Interview. Ich erzählte ihm vom Besuch einer Peep-Show, damals der letzte Schrei der Sexindustrie, und von der türkischen Putzfrau, die das in den Kabinen verspritzte Sperma aufwischte. »Der Spätkapitalismus ist eine Peep-Show«, las ich eine Woche später im *Spiegel*, »und ich bin die türkische Putzfrau, die das Sperma der Kunden aufwischt.«
Ich mochte Heiner Müller, weil er immer Zeit hatte für Whisky und Zigarren – und für mich. Ich habe

ihn nie ernsthaft arbeiten sehen; als ich ihn kennenlernte, lag sein Werk fertig vor – so schien es mir. Der Widerspruch zwischen der postmodernen Ästhetik seiner Stücke – Happening, Collage, Übermalung – und deren plakativer Botschaft störte mich nicht, und ich verzieh ihm Dummheiten wie den Vergleich der Regale im Supermarkt mit der Rampe von Auschwitz – in beiden Fällen, meinte er, finde eine Selektion statt. Und ich vergab ihm seine Affenliebe zur DDR, die ihn bis aufs Blut gepeinigt hatte und der er trotzdem oder gerade deshalb die Treue hielt: SADO-MARXISMUS nannten wir das, und Müller hatte nichts dagegen einzuwenden.
Voneinander entfremdet haben wir uns erst, als Heiner Müller administrative Funktionen übernahm und die Wiedervereinigung, die er politisch bekämpft hatte, als Akademiepräsident vorantrieb, unter Ausschluss oppositioneller Dissidenten, aber mit Einbeziehung als Stasi-IMs aktenkundig gewordener Mitglieder – die Ostlastigkeit der Akademie ist bis heute zu spüren.
All das war vergeben und vergessen, als ich ihn im Krankenhaus anrief und als statt seiner rauchigen Stimme nur noch Röcheln aus dem Telefon drang – Kehlkopfkrebs, an dem ein Menschenalter zuvor Kafka verstorben war.

P. S.
Die Geschichte meiner Freundschaft mit Heiner Müller wäre unvollständig ohne das Nachspiel im Berliner Lustgarten, wo Bundespräsident Weizsäcker sich vergeblich Gehör zu verschaffen versuchte am Mikrophon, überschrien von Buhrufen und Pfiffen linksradikaler Störer oder rechtsradikaler Hooligans – beides läuft auf das Gleiche hinaus. Anschließend gab es einen Empfang mit Suppe aus Gulaschkanonen der Bundeswehr, und ich werde nie vergessen, wie der Bundeskanzler den Bundespräsidenten mit einer unwirschen Armbewegung zur Seite schob – so wie Donald Trump den Staatschef von Montenegro beim G-20-Gipfel in Hamburg. Dass zwischen beiden die Chemie nicht stimmte, ist ein zu schwaches Wort: Helmut Kohl ähnelte in diesem Augenblick dem Rausschmeißer einer Diskothek, im Berghain am Ostbahnhof vielleicht, ein paar Straßen weiter von hier.

SOLANGE GRAS WÄCHST UND WASSER FLIESST

Den Spätsommer 1977, als Elvis Presley an einem Erdnussbutter-Sandwich erstickte und Hanns Martin Schleyer von der RAF entführt und ermordet wurde, verbrachte ich am Oberlauf des Missouri, auf den Spuren des Forschungsreisenden Maximilian zu Wied und des Malers Karl Bodmer, die 145 Jahre zuvor die damals noch von Bisonherden durchzogenen Prärien durchstreiften. Wieds Reisebericht und die von Bodmer skizzierten und aquarellierten Porträts von Mandan-, Assiniboin- und Blackfoot-Häuptlingen, die der Fürst zu Wied mir im Stammschloss seiner Familie vorlegte mit der Einladung, zuzugreifen und mitzunehmen, was mir gefiel, gehören heute der Omaha Gas Company, die das Erbe der Prärieindianer, zusammen mit Jagdtrophäen und anderen Artefakten, in atomkriegssicheren Tresoren gebunkert hat. Der regierende Fürst interessierte sich mehr für Fußball als für Ethnologie und veräußerte die Hinterlassenschaften seines Vorfahren für einen Apfel und ein Ei. Leider war ich nicht geistesgegenwärtig genug, die vor mir liegenden Blätter an mich zu raffen; nur Karl Bodmers handkoloriertes Porträt des Mandan-Häuptlings Mato-Tope, der bald nach Wieds Abreise den von Weißen eingeschleppten Pocken erlag, hängt über dem Schreibtisch meines Arbeitszimmers, während Mato-Topes Büffelrobe mit der Darstellung seiner Kriegstaten im Völkerkundemuseum zu sehen ist, das demnächst von Dahlem nach Berlin-Mitte umziehen soll.

Aus dieser Keimzelle erwuchs die Idee zu einer mit Spielszenen angereicherten Fernsehdokumentation der Nordamerikareise des Prinzen zu Wied, für die das Dritte Programm des WDR uns nach langem Hin und Her grünes Licht gab. Wir – das waren der Filmemacher Thomas G. und sein Bruder Sebastian als Tontechniker sowie ein Kameramann namens Paul, der aus Paris zu uns stieß, und dazu meine Wenigkeit. Ich bin weder Historiker noch Geograph, geschweige denn Ethnologe, aber der Ausdruck Oberlauf des Missouri muss mich fasziniert haben, denn er taucht gleich im ersten Satz des von mir verfassten Drehbuchs auf, wo Maximilian zu Wied mit dem Ruf »Ich studiere gerade den Oberlauf des Missouri und wünsche, nicht gestört zu werden«, einen Besucher abweist. Der von Otto Sander gespielte Besucher, ein Amerikaner, wird trotzdem vorgelassen und überbringt Wied die Nachricht, dass dessen Naturaliensammlung beim Brand des Schaufelraddampfers *Assiniboin* in Flammen aufgegangen und die Mandan-Indianer, einschließlich des Häuptlings Mato-Tope, einer Pockenepidemie zum Opfer gefallen waren. Im

Folgenden verhedderte sich Wied, gespielt von Eberhard Feik, der später als Tatortkommissar Berühmtheit erlangte, in einer beredten Klage über den Verlust von Schädeln und Skalpen, Biber- und Bisonfellen, doch im Nachhinein erwies die Spielszene sich als unbrauchbar wegen der Akustik im Schloss Glienicke – Flatterecho ist der *Terminus technicus*. Das Sommercamp eines Berliner Indianerclubs, dessen Mitglieder Kleider, Schmuck und Waffen der Präriebewohner originalgetreu nachschufen, war der passende Rahmen für eine andere Szene, in der Mato-Tope dem Prinzen zu Wied die indianische Zeichensprache beibringt, wobei ich, als Trapper kostümiert, die Rolle des Försters Dreidoppel spielte, der als Jäger aus Kurpfalz die Expedition begleitete. Die Ironie, dass ein als GI in Berlin stationierter Sioux aus Süddakota die deutschen Freizeitindianer fachlich beriet, fiel dabei unter den Tisch. Unser mit kleinem Budget gedrehter Film Nachricht vom Stamme der Mandan-Indianer ist kein Meisterwerk, aber auch nicht völlig misslungen; das Rohe und Unfertige des Films war kein Versehen, sondern gewollt, weil wir Altachtundsechziger nichts mehr verabscheuten als die glatte Professionalität kommerzieller Fernsehproduktionen – gerade die aber hätte unserem Projekt gutgetan.
Statt mich länger als nötig im Vorfeld meiner Geschichte aufzuhalten, gehe ich IN MEDIAS RES zum Oberlauf des Missouri und vertraue mich der Strö-

mung des Flusses und den Untiefen der Erinnerung an. Aber das stimmt so nicht, denn der Upper Missouri River ist ein träge fließendes Gewässer, dessen Oberfläche sich nur kräuselt, wenn ein Paddel eintaucht oder ein Maultierhirsch (Mule Deer) mit wedelnden Ohren den Fluss überquert, gefolgt von einer Hirschkuh, die gemessenen Schritts die Uferböschung erklimmt und mit einem Sprung, bei dem sie alle vier Beine in die Luft wirft, Reißaus nimmt, sobald das Kanu ihr nahekommt. Wir – das sind die Mitglieder des Filmteams Thomas, Sebastian und ich im vorderen Boot, gesteuert von einem sonnverbrannten Cowboy, der wie ein Indianer aussieht, nur sein rotkariertes Hemd passt nicht dazu, das ihn vor Verwechslungen mit Jagdwild schützen soll. Das zweite Boot, beladen mit Ausrüstung, Zelten und Gepäck, wird von der Nichte des Cowboys gesteuert, während Paul mit gezückter Kamera auf der Lauer liegt, um zu filmen, was Thomas ihm durch Gesten oder Zurufe signalisiert: verwitterte Kalkfelsen mit graubraunen, blauschwarzen und gelben Sedimentschichten, die wie Schaubilder eines Geologiebuchs an uns vorbeiziehen, von der Sonne gebleichte Schädel und Knochen im verdorrten Gras, die von Rindern oder Bisons stammen, Flussinseln mit Präriehunden, die bei unserer Annäherung blitzschnell in ihren Höhlen verschwinden, oder eine kupferrote Schlange, die züngelnd den Fluss durchschwimmt – keine Klapperschlange, wie sie zusammengerollt vor mir lag, als ich frühmorgens das Zelt verließ, um zu pinkeln, und drohend mit der Schwanzspitze rasselte: keine Klapperschlange also, sondern eine Mokassin-Viper, deren Gift Rinder und Pferde töten kann. »Watch out for poisonous snakes«, hatte der Organisator der Bootsfahrt, George P. Horse Capture, uns vor der Abfahrt gewarnt, und nachts im Zelt wälzte ich mich ruhelos auf der Luftmatratze aus Angst vor Schlangen, die, wie es hieß, menschliche Wärme suchend in die Schlafsäcke krochen.

Horse Capture gehört zu den letzten Überlebenden des Volkes der Gros Ventres, deren Name auf einem Missverständnis französischer Trapper beruht, die das Zeichen für Wasserfall mit dem Zeichen für Dickbauch verwechselten. Sie selbst nannten sich Atsina, White Earth People, auch Fall Indians genannt, weil ihre Winterquartiere in der Umgebung von Great Falls lagen, an dessen College Horse Capture indianische Geschichte und Kultur unterrichtet. Er hatte in San Francisco im Stahlhochbau gejobbt und sich an der Besetzung der Insel Alcatraz durch AIM-Aktivisten beteiligt, die gegen die Ausrottung der Ureinwohner protestierten, bevor er beschloss, seine Arbeitskraft der untergegangenen Kultur seines Volkes zu widmen.

Ich habe vergessen, wer den Kontakt zu unserem Gewährsmann George P. Horse Capture vermittelte. War es Dave, der Berliner GI, dessen unter dem Bronzebizeps spielende Muskeln erotische Signale aussandten, oder der Vertreter des American Indian Movement bei den Vereinten Nationen, dessen Name mir entfallen ist? Ich weiß nur noch, dass er sein blauschwarzes Haar zu einem Knoten gewickelt hatte, den ich gern als Skalp hätte mitgehen lassen, als ich ihm in seinem mit Indianerporträts von George Catlin dekorierten Büro am East River gegenübersaß. Ich wohnte nicht weit von dort bei einer Deutschen, die im UN-Hochhaus am East River arbeitete, und geriet jedes Mal in Erregung, wenn ich ihren sechzehnjährigen Sohn mit seinem gleichaltrigen Freund unter der Dusche planschen und beide, wie Schulmädchen kichernd, nackt auf dem Bauch liegen sah. Sex unter Teenagern war nach 1968 kein Tabu, und der Siegeszug der Political Correctness hatte die Bezeichnung Indianer noch nicht durch Ureinwohner oder Native Americans ersetzt.

Wir flogen nach Rapid City – die Stadt heißt wirklich so – und nachdem wir das in die Felsklippen gemeißelte Porträt von Abraham Lincoln besichtigt hatten, an dessen Backenbart Cary Grant – oder ist es James Mason? – in einem Hitchcock-Film hochklettert, kauften wir einen Chevrolet Station Wagon Baujahr 1968 mit genug Platz für Kameraausrüstung und Gepäck, und fuhren, Songs von Johnny Cash und Elvis Presley grölend, gen Westen, die Black Hills vor Augen, heilige Berge der Ureinwohner, nach denen Nord- und Süddakota benannt sind. Das Wort Sioux ist eine Verballhornung von Nadowessiu,

Schlangen – so nannten die Algonkin die benachbarten Präirieindianer: Teton, Ogalala, Yanktonai, Brûlés und Sans Arc, ähnlich wie die fünf Nationen der Irokesen, deren Mantra ich auswendig hersagen kann: Seneca, Cayuga, Onondaga, Oneida und Mohawk. Ich vertraue mich den Wellen der Erinnerung an, aber sobald ich meine, festen Boden unter den Füßen zu haben, versinke ich im Treibsand, in den sich die Räder unseres Chevrolets, Baujahr 1968, immer tiefer einwühlen, bis wir ihn mit vereinten Kräften wieder flottmachen, oder ich verirre mich im Labyrinth einer orientalischen Stadt, von deren Minarett ein Präriehund Ausschau hält und seine Artgenossen mit schrillen Pfiffen vor sich nähernden Feinden warnt. Wir kamen zu spät zur Feier des hundertsten Todestages von Crazy Horse, weil wir nicht wussten, dass indianische Totenrituale bei Sonnenaufgang stattfinden: »They had a pipe ceremony.« Crazy Horse, der Sieger der Schlacht am Little Bighorn, war nach Fort Robinson gekommen, dessen Kommandant ihm freies Geleit zusicherte, um für sein Volk Essen zu erbitten. Als er sich dagegen wehrte, in Ketten gelegt zu werden, stach ein Wachsoldat ihn mit dem Bajonett nieder. »Du hast mir die Freiheit geraubt«, sagte Crazy Horse, ehe er seinen Verletzungen erlag, zum Fortkommandanten, der ihn von einem Armeefotografen ablichten ließ, »warum willst du mir auch noch meinen Schatten rauben?«
Das Pine-Ridge-Reservat wirkt wie eine Mischung

aus Schrottplatz und Zigeunerlager: windschiefe Hütten, baufällige Baracken, versiffte Wohnmobile und rostige Autowracks. Nur das Bureau of Indian Affairs ist frisch gestrichen, darüber weht das Sternenbanner. Vor der Tür ein Streifenwagen, am Steuer ein Sioux-Indianer mit Sheriffstern. Schule und Gefängnis sind mit NATO-Draht umzäunt. An der Kasse des Supermarkts, wo alles doppelt so viel kostet wie außerhalb des Reservats, Stapel von Taschenbüchern: Bury my heart at Wounded Knee. »Amerika vermarktet seine Verbrechen«, schreibe ich in mein Ringbuch, während die Sowjetunion ihre Untaten verschweigt. Überall Verbotsschilder: NO PANHANDLING, NO LOITERING – NO CHECKS CASHED WITHOUT IDENTIFICATION – NO SHIRT, NO SHOES, NO SERVICE. Alkoholiker mit von Akne entstellten Gesichtern, übergewichtige Frauen, die sich von Fast Food ernähren, Kinder mit Blähbäuchen wie in den Hungergebieten Afrikas.
Gespräch mit Matthew King, der, wie er sagt, mit richtigem Namen Noble Red Man heißt. 1936 hat er mit einer Indianerdelegation die Olympiade in Berlin besucht und wurde Hitler vorgestellt, der ihn nach dem Rezept für Pemmikan, getrocknetes Büffelfleisch, gefragt haben soll. Die Siege der Wehrmacht führt er auf die Kenntnis der Pemmikan-Zubereitung zurück. »Hitler hatte indianische Vorfahren – seine Großmutter war eine Teton-Squaw.« Bei Matthew King schlägt die kulturelle Renaissance in reaktionären

Rassismus um. Er behauptet, nur reinblütige Indianer würden von den Vereinten Nationen anerkannt, die Mitglieder des American Indian Movement seien Mischlinge, außen rot, innen weiß, und erklärt die Bilder von Karl Bodmer, die wir ihm vorlegen, für Fälschungen: Mato-Topes Kalumet sei viel zu lang und die Kampfszene in Fort McKenzie stelle einen Skalptanz der mit den Sioux verfeindeten Assiniboin dar, die Crazy Horse verrieten – oder war es Sitting Bull? Er will wissen, ob wir ein Visum für Pine Ridge vorweisen können, und verlangt Geld, hundert Dollar für sich und fünfzig für seinen Dolmetscher, obwohl er fließend Englisch spricht. Für weitere fünfzig Dollar wäre er bereit, uns die Friedenspfeife von Crazy Horse zu zeigen, die angeblich noch nie fotografiert worden ist. Das Argument, wir seien aus Deutschland angereist, um die Kultur der Prärieindianer zu dokumentieren, kontert er mit dem Hinweis, die über sie gedrehten Filme bekämen die Ureinwohner nie zu sehen. Ich bin dafür, auf seine Forderungen einzugehen, aus Unsicherheit und schlechtem Gewissen, aber Sebastian, der unsere Finanzen verwaltet, ist strikt dagegen, weil er keinen Präzedenzfall schaffen will. Während wir darüber streiten, sagt Matthew King plötzlich: »Don't be afraid, come back!«

Die Gegenposition zu Noble Red Man vertritt Hazel Little Hawk, eine zweiundsechzigjährige Ogalala-Frau und Urenkelin von Crazy Horse, die uns in ihr

Haus einlädt und ohne Scheu vor der laufenden Kamera zu sprechen beginnt: »My grandmother told me that the army gave us blankets which had smallpox on them and killed many of our people. They wanted to kill us all, but we are still here on our land, that the Creator has given us, and one day this country will belong to us again, because it is our land, where my people have lived for centuries before the white man came.«

Das Haus ist spärlich möbliert mit einem Tisch und einem in Laken gehüllten Sofa, auf dem ich sitze, einen Schwarzweißfernseher vor Augen, in dem Burt Lancaster einen POW in Nazideutschland spielt, der einen Ausbruchsversuch plant. Vor dem TV-Gerät hockt ein Indianerjunge mit blutender Nase neben seiner Oma, die, den Krückstock an die Wand gelehnt, mit offenem Mund schläft, und seiner Tante, einer Frau mit Brille und Goldzähnen, deren Mann uns Melonenscheiben kredenzt.

»This land was a paradise full of buffaloes, elk and deer. There was clear water and green grass and there were wolves and bears in the mountains, before the white man came and killed all the animals. This country, North and South Dakota, Nebraska, Wyoming and Montana, is Indian territory, and it still belongs to us.«

Im Vorgarten flattert Wäsche, und beim Blick aus dem Fenster sehe ich ein zerbeultes Autowrack und das Gerüst eines Tipis, neben dem ein weiß-braun gescheckter Mustang grast. Alles wirkt provisorisch, schäbig und doch voller Würde, als warteten die Bewohner auf ein Signal, um ihre alte, nomadische Lebensweise wiederaufzunehmen. Auf dem Weg zum Auto werden wir von rotznäsigen Kindern und kläffenden Hunden umringt. Einer der Köter beißt Paul ins Bein, als der ihm den Rücken zukehrt, um die Kamera in den Kofferraum zu hieven. Das ist schon sein zweites Missgeschick, nachdem er sich in New York den Daumen gequetscht hat in einer Taxitür. Seitdem muss er alle paar Tage zum Arzt, um den Nagel durchbohren zu lassen, damit der Eiter abfließen kann, und taucht den kranken Daumen in Seifenlauge. Paul hat starke Schmerzen, und der Daumen ist so dick geschwollen, dass er kaum noch die Kamera halten kann.

*

Wir fahren durch die Ausläufer der Black Hills, sanft geschwungene Berge, dunkle Tannenwälder und grüne Triften, mit Felstrümmern übersät, zwischen denen Holsteinrinder weiden. Links ein Sammelsurium von Mähdreschern, Motorpflügen und Traktoren in knallbunten Farben unter einem die Straße überspannenden Transparent mit der Aufschrift: JOHN DEERE. Rechts ein Soldatenfriedhof, schneeweiße Grabsteine, in Reih und Glied gestaffelt, als müssten die Gefallenen zum letzten Appell antreten, das Sternenbanner ist auf Halbmast gesetzt. Gleichzeitig hören wir im Autoradio die Nachricht, dass Arbeitgeberpräsident Schleyer in Köln gekidnappt und seine Polizeieskorte mit Leibwächter und Chauffeur erschossen worden ist. Ein RAF-Kommando bekennt sich zu der Entführung und fordert die Freilassung von Andreas Baader, Gudrun Ensslin und ihrer in Stammheim inhaftierten Gesinnungsgenossen.

Rückblende Wounded Knee: weißgestrichene Holzkirche auf einem Grashügel, neben einem Friedhof mit Gedenktafel für die Opfer des Massakers von 1891, das die Armee verübte, nachdem der Widerstand der Prärieindianer längst gebrochen war. Im Boden versinkende Holzkreuze, von denen die Farbe abblättert. Im Museumsshop wird das Gemetzel mit irrationaler Angst vor der Geistertanzbewegung erklärt, die doch nur ein letztes, vergebliches Aufbäumen war. In Wahrheit war das Massaker von Wounded Knee, wie auch die Ermordung von Crazy Horse, die Rache der US-Army für ihre Niederlage am Little Bighorn. Ungleichbehandlung noch im Tod: General Custers Leichnam wurde auf den Heldenfriedhof von Arlington umgebettet, die sterblichen Überreste der Indianer zu Forschungszwecken anatomischen Instituten zur Verfügung gestellt.

Wir überqueren die Grenze von Wyoming nach Montana. In kürzester Zeit wechselt die Szenerie: Erst sanft gewellte Prärie, dann rollende Hügel, in ödes Hochland übergehend, meilenweit ohne Baum und Strauch, Rinder und Schafe als dunkle Punkte über

die Fläche verstreut. Flusstäler mit Erlen- und Weidenbrüchen in den Farben des Herbstes, Maisfelder, Getreidesilos, rot-weiße Farmhäuser mit scharf gezeichneten Schatten unter stahlblauem Himmel, der sich wie eine Glasglocke über der Landschaft wölbt, am Horizont steigen Quellwolken auf, schroffe Felsen, aus Nadelwäldern hervorbrechend, links ragt ein schneebedeckter Berg in die Wolken, rechts ein Gebirgsbach zwischen gelb-rot geflammten Büschen, dunkle Geröllhalden, der Himmel nach Einbruch der Dämmerung kalt und grau. Adler und Coyoten werden zum Abschuss freigegeben, weil sie Kälber und Lämmer reißen. Meine Ohren sind taub vom Fahren auf der Hochebene.
Vor uns liegt eine Siedlung aus Blockhütten, provisorisch wie ein Goldgräbercamp, als wären soeben die ersten Planwagen eingetroffen.
Custer's Battlefield: Auf diesen mit Wüstensalbei bewachsenen Hügeln am Ufer des Little Bighorn River, die sich in nichts von den umliegenden Präriehügeln unterscheiden, wurde am 25. Juni 1876 General Custers Armee in einen Hinterhalt gelockt und von einer vereinten Streitmacht aus Sioux- und Cheyenne-Kriegern vernichtend geschlagen. Das Schlachtfeld ist heute ein patriotischer Wallfahrtsort mit Museum, in dessen Schaukästen das Kampfgeschehen historisch getreu nachgestellt ist; daneben eine mannshohe Vitrine mit General Custer als Wachsfigur, mit blondem Haar, gezwirbeltem Spitzbart und weißer

Phantasieuniform mit Lederrock und Fransen, wie man ihn aus Hollywoodfilmen kennt, unter der Überschrift: SOME CONSIDER HIM A GIANT, OTHERS A FOOL – WHAT DO YOU THINK?
Auf dem dazugehörigen Militärfriedhof sind dreihundert gefallene Soldaten beigesetzt, die Mannschaften anonym im Massengrab (Unknown soldier, died June 25, 1876), die Offiziere in Einzelgräbern mit heroischen Sinnsprüchen: »Killed in action while clearing the territory from hostile Indians.« Daneben das Grab des Crow-Scouts White-man-commands-him, der im Dienst seiner Herren starb.

P. S.
Das Schnaufen einer Bisonherde klingt aus der Nähe wie das Grunzen von Schweinen. Das Yucca-Gras schäumt in ihren Mäulern wie Seife. Die Büffel sehen so schlecht, dass man sich ihnen gegen den Wind auf wenige Meter nähern kann. Bei der leisesten Erschütterung des Bodens setzt sich die Herde, dem Leittier folgend, in Bewegung und ist nicht mehr zu stoppen (Stampede). Wird der Leitbulle als Erster erschossen, bleiben die Büffel ruhig stehen und lassen sich, mit den Hufen scharrend, einer nach dem anderen abschießen.

*

WATCH OUT FOR SNAKES, hatte George P. Horse Capture gesagt, als wir unsere Boote zu Wasser ließen, und hinzugefügt, noch bevor wir Kontakt mit ihm aufnahmen, habe er von uns geträumt. Manitu, der große Geist, habe ihm im Traum offenbart, ein Filmteam aus Deutschland sei auf den Spuren des Prinzen zu Wied unterwegs zum Oberlauf des Missouri. Und er wollte wissen, warum ausgerechnet die Deutschen sich für die Ureinwohner Amerikas interessieren und mit Prärieindianern identifizieren?

Ich murmle etwas von Winnetou und Old Shatterhand, Karl-May-Romanen und Wildwestfilmen, aber Horse Capture winkt ab. Er kennt Deutschland aus seiner Militärzeit, war als GI im Rhein-Main-Gebiet stationiert, hat Rippchen mit Sauerkraut gegessen, Apfelwein getrunken, Italo-Western sowie Karl-May-Filme gesehen und beantwortet die selbstgestellte Frage so: »Ich will dir sagen, warum ihr Deutschen die Indianer liebt. Weil es bei euch keine Freiheit gibt. Alles ist extrem reglementiert, ordentlich und sauber aufgeräumt, und aus deutscher Sicht war das Leben der Prärieindianer das Gegenteil des German Way of Life. »Howgh, ich habe gesprochen.«

Das hat George P. Horse Capture so nicht gesagt, aber er hätte es sagen können, denn es gibt ein Foto von unserer Unterredung, auf dem ich in Levi's Jeans, Baumwollhemd und Schirmmütze mit dem Aufdruck GARDEN CITY POW WOW am Ufer des in der Hitze flimmernden Flusses stehe. Horse Capture hat sein schulterlanges Haar zu Zöpfen geflochten, trägt eine dunkle Brille und einen mit dem Hinter-

grund verschwimmenden Cowboyhut, dessen Konturen der Fotograf mit Bleistift nachgezogen hat, und zeigt auf das Gewehr, das Frank, unser einheimischer Führer, im Bug des Bootes verstaut, eine Winchester. Die Freiheit falle einem nicht in den Schoß, fügt er hinzu, sie müsse erkämpft werden – so besehen hätten die Prärieindianer weniger mit Deutschen als mit weißen Amerikanern gemein. Dabei fällt mir ein, dass der Sheriff von Great Falls kürzlich einen Skunk erschoss, der dabei war, einen Mülleimer zu plündern; seitdem trauen die Anwohner sich nicht mehr vor die Tür, weil das sterbende Tier auf der Main Street seine Stinkdrüse entleerte.
George P. Horse Captures Gesicht hellt sich auf, als ich ihm unseren Kameramann vorstelle. Paul sei ihm im Traum erschienen, behauptet er, denn auch Maximilian zu Wied habe kanadische Trapper engagiert, um dem Jäger Dreidoppel die Kunst des Spurenlesens beizubringen. Damals sei in den Rocky Mountains mehr Französisch als Englisch gesprochen worden, und ein Pelzhändler namens Bordeaux habe Besuchern unter Fußbodendielen versteckten Bordeauxwein kredenzt.
Ich habe vergessen, wo meine erste Begegnung mit Horse Capture stattfand. War es in Great Falls, am Ausgangspunkt unserer Bootsfahrt, oder am Judith River Landing, dem Endpunkt? Oder in Don Lundys Ranch, dem früheren Gelände von Fort McKenzie? Hier war es, wo Maximilian zu Wied einer Schlacht

beiwohnte und vergeblich versuchte, einem toten Assiniboin-Krieger den Skalp abzuziehen. Beim Pflügen der umliegenden Felder fördert Don Lundy Fragmente von Tonpfeifen und Knochen, Uniformknöpfe, Glasscherben und Patronenhülsen zutage, und als Highlight unseres Besuchs, während wir Punsch trinken, zieht er den Schädel einer Indianerin aus dem Fernsehschrank, den er am Maria River gefunden und, um den Gruseleffekt zu erhöhen, mit Pfeilspitzen gespickt hat.

*

Mittags, im Kanu auf dem Missouri: Der Fluss fließt träge dahin, lehmgelbes Wasser unter strahlend blauem Himmel, Federwolken am Horizont, das Sonnenlicht spielt auf den Wellen und wird von den Uferklippen reflektiert, bizarre Formationen aus blendend weißem Kalkstein, von dunkleren Schichten durchzogen, die wie Burgmauern zutage treten und in grotesken Gestalten verwittern: Ritter mit pilzartigen Helmen, Don Quijote und Sancho Pansa, daneben das Profil eines Indianerhäuptlings mit Adlernase und Federhaube, über uns kreisen Raubvögel, ein Falke stößt in einen Schwarm von Schwalben hinein, die ängstlich auseinanderstieben und in am Steilufer klebende Nester flüchten, zwei Rehböcke durchqueren mit hochgereckten Köpfen den Fluss, kraxeln die steile Uferböschung hoch und rennen in gestrecktem Lauf durch die Prärie. Von der

Sonne gebleichte Baumstämme treiben im Wasser, die kahlen Äste gespreizt wie die Hände Ertrinkender, ein Zug Wildenten streicht niedrig über den Fluss, von einem abgestorbenen Baum fliegt ein Fischreiher auf und landet auf einer Schilfinsel. Kein Haus, kein Auto, kein Reklameschild weit und breit, nur das Tuckern des Außenbordmotors, den wir einschalten, wenn wir zum Paddeln zu müde sind, erinnert daran, was das weiße Amerika diesem Land und seinen Bewohnern angetan hat. Nur hier, in den Upper Missouri Badlands, zu abgelegen und unfruchtbar für Landwirtschaft und Industrie, obwohl neuerdings von Strip Mining die Rede ist, lässt sich die ursprüngliche Schönheit der Natur noch besichtigen: Schroffe Berge mit schwarzbraun und rostrot verfärbten Wäldern, Cottonwood Trees, deren Samenhülsen wie Wattebäusche durch die Luft schweben, Weiden mit Perlenschnüre bildenden Zweigen, die, vom Wind bewegt, die Wasseroberfläche liebkosen. »The river is low this year, there has been a mighty drought!« COULEES – ausgewaschene Bachbetten, die sich bei Starkregen, Schlammlawinen vor sich her schiebend, in reißende Flüsse verwandeln. Die amerikanischen Wörter geben die Eigenart der Landschaft schon im Klang wieder: BLUFF (Felsen), BUTTE (einzeln stehender, oben abgeplatteter Berg), RIDGE (Hügelkamm); Scott's Bluffs, Bear Butte, Pine Ridge. Westmoreland hieß der Oberbefehlshaber der US-Army in Vietnam: ein sprechender

Name, der den Mythos des amerikanischen Westens (und des Westerns) auf den Punkt bringt.
Maximilian zu Wied brauchte mehr als einen Monat zur Bewältigung der 350 Meilen langen Strecke von Fort Union nach Fort McKenzie, die wir in umgekehrter Richtung, per Boot und später im Auto, in kurzer Zeit zurücklegen. Wir lassen uns von der Strömung treiben, das Kielboot *Flora* hingegen, vollgepackt mit Ausrüstung, Passagieren und Gepäck, musste mühsam flussaufwärts gezogen werden von Treidlern, die im Schlick versanken und sich ständig im Uferdickicht verhedderten. Sandbänke und Erdrutsche erschwerten das Vorwärtskommen, ineinander verkeiltes Treibholz und umgestürzte Bäume verbarrikadierten den Weg, und nur selten war es möglich, Segel zu setzen, um gegen die Wellen zu kreuzen. Die Engagés genannten Trapper aus Kanada schufteten bis zum Umfallen; gleichzeitig mussten sie die Reisenden mit frischem Fleisch versorgen – für Lebensmittel war auf der *Flora* kein Platz.
Während das schmale Boot unter überhängenden Bäumen dahinglitt, verglich Maximilian zu Wied die Urwälder Brasiliens, in denen Brüllaffen und Papageien lärmten, mit der menschenleeren Prärie, aus der nur selten das Krächzen einer Krähe oder das Heulen eines Wolfs drang. Zwei Tagereisen westlich von Fort Union änderte sich plötzlich das Bild: die von einer Bergkette gesäumte Prärie wimmelte von Grashüpfern, die bei jedem Schritt unter den Schuh-

sohlen knirschten, Singvögeln und jagdbarem Wild. Während Wied Schmetterlinge fing, ein aristokratisches Hobby, das er seit seiner Kindheit betrieb, ging der Förster Dreidoppel zusammen mit dem Kundschafter Doucette und dem Steuermann Dechamps auf Großwildjagd. Er schoss auf eine Grizzly-Bärin, die sich an einer aufs Ufer geschwemmten Büffelkuh gütlich tat, und bemächtigte sich ihrer Jungen, die er, als sie sich beißend und kratzend zur Wehr setzten, mit dem Bowie-Messer tötete. Auf dem Rückweg gelang es Dreidoppel, einen Jungadler aus seinem Horst zu schießen, zur Freude von Wied, der den Vogelbalg seiner Sammlung einverleibte. Die Trockenzeit hatte begonnen, und einer Staubwolke folgend stießen Doucette und Dechamps auf eine Büffelherde. Vom Jagdglück begünstigt, erlegten sie vier Stiere, fünf Kühe und drei Kälber, die sie Geiern und Coyoten zum Fraß überließen, weil das Fleisch der Bullen in der Paarungszeit ungenießbar ist und der Abtransport der Kühe zu aufwendig war; nur die wohlschmeckenden Zungen nahmen sie als Wegzehrung mit.

Vierundfünfzig Bisons, achtzehn Elche, dreizehn Hirsche, sechsundzwanzig Rehe, zwei Antilopen, neun Grizzlybären, ein weißer Wolf, ein Skunk, ein Stachelschwein, sechs Weißkopfadler, fünf Eulen, drei Präriehühner, zehn Wildgänse, zehn Präriehunde, zwei Hasen und ein Kaninchen: Das war die Ausbeute der Jagd an diesem und den nächsten Tagen – eine

Bilanz, die den stärksten Appetit befriedigt, wie Wied zu Dreidoppel sagte. Die Natur rächte sich, als die Engagés, ohne Verständnis für seinen Sammeleifer, die zum Trocknen ausgelegten Schädel und Knochen über Bord warfen. Bodmer wiederum war froh, die Tierkadaver loszuwerden, die er im Auftrag seines Herrn hatte zeichnen müssen, und atmete auf, als das Kielboot die Mauvaises Terres genannten Badlands erreichte, wo es außer Bighorn-Schafen kein Jagdwild mehr gab.

*

Nachmittags, auf dem Missouri: Ringsum tiefe Stille, nur ab und zu unterbrochen vom Eintauchen eines Paddels oder lautem Plätschern, wenn ein Fisch aus dem Wasser springt. Am Ufer die Geräuschkulisse der Grillen, die ich beim ersten Landgang für das Rasseln einer Klapperschlange hielt. Eine Rinderherde, zusammengedrängt im Schatten eines Baums, weiß, rosa, braun und beige gefleckt wie auf einem holländischen Gemälde. Die Wasseroberfläche glatt, gekräuselt von einer Brise oder einer aus der Tiefe aufsteigenden Luftblase, die lautlos zerplatzt. Der Fluss ein glitzernder Silberstreif, in dem sich Hügel, Berge und Täler auf den Kopf gestellt spiegeln. Grotesk verwitternde Felsen mit Namen wie Burgruinen am Rhein: Cathedral Rock, Seven Sisters, Devil's Chimney, Hole in the Wall.
Das Zerstörungswerk, das Lewis und Clark, Wied

und Bodmer mit Gewehr und Zeichenstift begannen, setzen wir mit Fotoapparat und Filmkamera fort wie japanische Touristen, die Barbaren des 20. Jahrhunderts, die keinen Anblick genießen können, ohne ihn auf die Linse zu bannen und den Dingen ihre Unschuld zu rauben. Auf Englisch heißt fotografieren to shoot – get some good shots.
Später am gleichen Tag: Wir biwakieren am Ufer, im Schatten überhängender Bäume. Ich sitze auf einem Feldstuhl mit Blick auf den zwischen Hügeln sich windenden, im Abendlicht verdämmernden Fluss. Auf der anderen Seite ein steil abfallender Felsen, von dem, als Lewis und Clark hier vorbeizogen, eine Büffelherde in Panik hinabstürzte – daher der Name Slaughter Creek. Noch Wied und Bodmer haben Jahre später die aufeinandergehäuften Skelette gesehen. Hinter meinem Rücken dehnt sich die Prärie mit Yucca-Gras, Sagebrush-Sträuchern und verstreut weidenden Rindern, deren langgezogenes Brüllen von weither ans Ohr dringt. Oder ist es das Kreischen einer Kreissäge in der Farm auf der Nordseite des Flusses? Auf der Uferböschung wachsen Bäume mit vom Wasser freigelegten Wurzeln, an denen wie Skalpe geformte Moosbärte hängen. Die Sonne geht unter, wir sammeln Feuerholz, um Maiskolben zu kochen, und Margie mariniert die T-Bone-Steaks, die ihr Onkel für uns grillt, je nach Wunsch à point oder saignant, wie Paul, der blutiges Fleisch bevorzugt, auf Französisch sagt. Nach dem Essen sitzen wir

ums Lagerfeuer und trinken Bourbon-Whiskey aus Styropor-Bechern, während im Weidengeäst der Mond hochsteigt und die Prärie in der Nacht versinkt. Custer Battlefield / Buster Cattlefield / Catlin's Busterfield / Custer's Hustlerfield / Bod and Wiedmer – dieses Nonsensgedicht habe ich beim Aufblasen der Luftmatratze halluziniert.

*

Auf dem beschwerlichen Weg von Fort Union nach Fort McKenzie bekamen Wied und Bodmer, wie dreißig Jahre zuvor Lewis und Clark, keinen Indianer zu Gesicht, obwohl die Präriestämme – Assiniboin, Blackfeet, Cree und Gros Ventre – von ihrer Anwesenheit wussten und sie durch Späher beobachteten. »Ich traue dem Frieden nicht«, sagte Prinz zu Wied und reichte sein Fernrohr dem Jäger Dreidoppel, der, während Bodmer ein Landschaftsbild aquarellierte, die Hügelkämme nach verdächtigen Bewegungen absuchte; doch außer zwei Bergziegen war nichts zu sehen. »Kennen Sie den Schöpfungsmythos der Mandan-Indianer? Eine Grizzlybärin stand am Ufer des Missouri, als ein von Wölfen angefressener Bisonbulle vorbeitrieb. Sie aß von dem Büffelfleisch, wurde schwanger und gebar einen Sohn namens Numangkake, den Stammvater des Mandan-Volks. So hat Mato-Tope mir die Geschichte erzählt.«
Wied holte zu einer längeren Erklärung aus, als von Fort McKenzie zurückkehrende Kundschafter melde-

ten, vor den Toren des Forts hätten Tausende Prärieindianer ihre Tipis aufgeschlagen, um Bison- und Biberfelle gegen Decken, Gewehre und Branntwein zu tauschen. Der Pelzhandel habe begonnen; noch gehe es friedlich zu, doch in den Rocky Mountains hätten Piegan-Krieger fünfundvierzig Flatheads und zwei Trapper massakriert; die Assiniboin befänden sich auf dem Kriegspfad gegen die Blackfeet, um Rache zu nehmen für die Tötung eines der Ihren, und es sei nur noch eine Frage der Zeit, bis offene Kämpfe ausbrechen würden.

Die Richtigkeit der Voraussage erwies sich zwei Tage später, als Maximilian zu Wied mit dem Fortkommandanten beim Frühstück saß. Wied sprach sich gegen den Verkauf von Whiskey an Indianer aus, da diese unter Alkoholeinfluss zu aggressivem Verhalten neigten, und verwies auf das seit 1816 existierende Verbot, Whiskey in Reservate einzuführen. Er stimme ihm zu, meinte der Indianeragent Mr. Mitchell, der Jacob Astors American Fur Company und zugleich die Regierung in Washington vertrat: Er selbst trinke keinen Alkohol, doch es handle sich nicht um schottischen Whiskey, sondern um mit Missouri-Wasser verdünnten, mit Pfeffer gewürzten Fusel der billigsten Sorte. »Ohne Feuerwasser kommt man mit Indianern nicht ins Geschäft. Wenn wir ihnen den Schnaps vorenthalten, laufen sie über zur britischen Hudson Bay Company. Dort gibt es Whiskey à gogo!« Und er zeigte nach draußen, wo ein betrunkener In-

dianer sich an den Fahnenmast klammerte und würgend übergab.
Kurz darauf waren Schreie und Schüsse zu hören, und Doucette stürzte herein mit dem Ruf: LEVEZ-VOUS, IL FAUT SE BATTRE! Dreidoppel und Dechamps machten ihre Gewehre schussfertig, und auf Geheiß des Prinzen zu Wied postierte sich Bodmer mit dem Zeichenblock im Schutz der Palisaden, um das Kampfgeschehen aus nächster Nähe zu skizzieren und sich kein Detail entgehen zu lassen.
Im Morgengrauen hatte ein Spähtrupp von Assiniboin- und Cree-Indianern ein unbewachtes Camp der Blackfeet attackiert, die in den Tipis ihren Rausch ausschliefen. Sie schlitzten die Lederzelte auf und fielen mit Beilen und Messern über die aus dem Schlaf geschreckten Bewohner her, unter ihnen viele Frauen und Kinder, die später ihren Verletzungen erlagen. Die Angegriffenen baten um Einlass ins Fort, den Mr. Mitchell ihnen gewährte, und schossen, unterstützt von Dreidoppel, Doucette und Dechamps, über die Verwundeten hinweg auf die Angreifer, die in Wellen gegen die Palisaden brandeten, bis ein Assiniboin-Krieger vor dem Tor innehielt und mit Stentorstimme rief: »Weiße Männer, schießt nicht auf uns, wir nehmen Rache an unseren Feinden!«
Mr. Mitchell befahl, das Feuer einzustellen, doch Dreidoppel, der nur gebrochen Englisch sprach, missverstand den Befehl und tötete den Krieger mit

einem Schuss in die Brust. Im Innenhof des Forts brach Panik aus, Frauen und Kinder drängten sich schutzsuchend aneinander, Medizinmänner schleiften Tote und Sterbende hin und her und besprengten sie mit Feuerwasser, und inmitten des Tohuwabohus versuchte Maximilian zu Wied, einen langgehegten Plan zu verwirklichen: Von seiner Brasilienreise hatte er einen Botokuden namens Quäck mitgebracht, den er als Kammerdiener beschäftigte und nach seinem durch Rheinwein verursachten Tod im Park von Neuwied beisetzen ließ. Diesmal wollte er sich mit dem Skalp des Assiniboin-Kämpfers begnügen, den Dreidoppel niedergestreckt hatte, doch die Blackfoot-Krieger kamen ihm zuvor, und als Wied sich über den Gefallenen beugte, hatte dessen Kopf sich in eine breiige Masse verwandelt.
Auf der Handzeichnung, die Bodmer noch am selben Tag aquarellierte und später in Paris als Kupferstich reproduzieren ließ, ist eine Palisade zu sehen, überragt von Baumwipfeln und Hügelkuppen, von denen aus die Indianer das Fort unter Beschuss hätten nehmen können. Stattdessen rannten sie in blinder Wut gegen die Verschanzung an, deren Verteidiger den Pfeilhagel mit Gewehrfeuer erwiderten. Der Förster Dreidoppel lud seine aus Deutschland mitgebrachte Doppelflinte, während die Jäger Dechamps und Doucette die Angreifer auf Distanz hielten mit Schüssen, von denen Pulverdampf aufstieg. Über dem Fort wehte die US-Flagge mit zweiunddreißig Sternen,

entsprechend der Zahl der Bundesstaaten, die zu diesem Zeitpunkt der Union beigetreten sind.
Erst bei genauer Betrachtung des Bildes wird klar, dass es sich nicht um eine Indianerattacke gegen eine Bastion der Weißen handelt, sondern um einen Kampf miteinander verfeindeter Präriestämme. Vor der Palisade des Forts sind spitz zulaufende Lederzelte aufgeschlagen, deren Insassen, von Todesangst getrieben, in wilder Flucht davonstieben. Im Vordergrund schwenkt ein Assiniboin-Krieger einen bluttriefenden Skalp, den er einem Blackfoot-Indianer geraubt hat, während Angreifer und Verteidiger einander mit gespannten Bogen und gezückten Speeren bedrohen. Am rechten Bildrand hievt ein Kämpfer einen Verwundeten auf ein Pferd, neben dem eine Squaw mit ihrem totem Kind im Arm röchelnd am Boden liegt.
»Sie haben Ihre Sache gut gemacht«, sagte Maximilian zu Bodmer, als der ihm sein Aquarell vorlegte, »und das Chaos der Schlacht vortrefflich zum Ausdruck gebracht. Ich weiß, wovon ich rede, denn ich habe die Bataille von Jena mitgemacht. Dagegen war, was wir in Fort McKenzie erlebten, nur ein Scharmützel, und ich bedaure, dass es mir nicht gelungen ist, einen Skalp zu erbeuten. Der beste Indianer ist ein toter Indianer, wie Mr. Mitchell zu sagen pflegt.«

*

Tagsüber brannte die Sonne so heiß wie im Sommer, aber nachts wurde es empfindlich kalt. Ich weiß nicht, ob das an der vorgerückten Jahreszeit lag oder daran, dass wir von der Ebene in die Berge fuhren, dem Yellowstone-Nationalpark entgegen, der uns mit Schneefeldern und kochend heißen Geysiren empfing. Im blubbernden Schlamm lebten Mikroorganismen, wie sie sonst nur in Schwefelquellen auf dem Meeresboden vorkommen, dort, wo die kalifornische auf die pazifische Platte trifft. Der Andrang zu Elvis Presleys Beisetzung in Memphis war so groß, dass es zu einer Massenkarambolage kam, die zwei seiner Fans das Leben kostete, und Hanns Martin Schleyer war nach wie vor in der Gewalt der RAF, obwohl das Bundeskriminalamt behauptete, den Entführern auf der Spur zu sein. Nichts Neues also.

Am Judith River Landing wartete George P. Horse Capture, der mit den letzten Angehörigen des Gros-Ventre-Volks uns zu Ehren ein Pow-Wow veranstaltete. Paul bekam einen Wutanfall, weil wir versäumt hatten, die Zeremonie zu filmen: Die Fall Indians oder Atsinas, wie sie sich nannten, waren mit Adlerfedern aus Souvenirshops ausstaffiert, während Mato-Topes Büffelrobe, die dieser dem Prinzen zu Wied geschenkt hatte, im Dahlemer Völkerkundemuseum ausgestellt ist. All das, meinte Paul, sei aussagekräftiger als der Versuch, eine untergegangene Kultur zu rekonstruieren, die von Anbeginn den Keim der Vernichtung in sich trug. Doch es war zu spät: Unser Film war abgedreht, und mit einem Scheck über dreitausend Dollar, den keine Bank einlöste, blieb Paul in Bismarck, Nord Dakota, zurück, bis der französische Konsul aus Omaha seine Hotelrechnung bezahlte und ihm den Heimflug ermöglichte. Maximilian zu Wied und der Förster Dreidoppel kehrten nach Deutschland zurück, wo Wied Teile seiner Sammlung dem König von Preußen verkaufte, während Bodmer sich als Pleinairmaler in Barbizon bei Paris niederließ. Die Kundschafter Dechamps und Doucette wurden mit einem Vorauskommando in die Rocky Mountains geschickt, um Handelsbeziehungen anzuknüpfen, und dort von Kutenai-Kriegern attackiert und skalpiert.

*

Zwei Wochen später empfing mich Big Chief Marcuse, Häuptling und Spiritual Leader der 1968er Großstadtindianer, in seinem Büro an der University of California. Er sah aus wie Sitting Bull oder Crazy Horse, nur der an Ufa-Filme erinnernde Berliner Akzent passte nicht dazu. Statt einer Friedenspfeife rauchten wir Zigarren, während ich dem Philosophen berichtete, was ich bei den Prärieindianern am Oberlauf des Missouri gehört, gesehen und erlebt hatte. Marcuse war schockiert über die Unsitte des Skalpierens, die er abscheulich und barbarisch fand; sein Verständnis für die Kultur der Ureinwohner war äußerst begrenzt. Noch mehr empörte ihn, was mir

auf dem Highway Number One in Südkalifornien zustieß, als ich, heimkehrend von einer nächtlichen Party, auf einem Parkplatz mein Wasser abschlug. FREEZE, befahl eine durch Megaphon verstärkte Stimme, und ein auf meinen Hosenstall gerichteter Scheinwerfer blendete mich – oder war es das Blitzlicht einer Kamera? RAISE YOUR HANDS, FREEZE! Blinzelnd im Gegenlicht, hob ich die Arme, während ein Polizist mit Sheriffstern mich nach Waffen und Drogen abtastete und darüber belehrte, dass öffentliches Urinieren in Kalifornien verboten sei. »Wir könnten Sie wegen unsittlicher Zurschaustellung einsperren«, setzte der Sheriff hinzu, während ich den Reißverschluss zuzog, »aber weil Sie Deutscher sind, ergeht Gnade vor Recht. Meiden Sie Autobahnparkplätze – dort wimmelt es von Mexikanern und Schwulen, die uns Ärger bereiten!«
Herbert Marcuse missbilligte die Gleichsetzung von Mexikanern mit Homosexuellen, als stünde das X in beider Namen für Pornographie, und warf mir vor, mich leichtsinnig in Gefahr zu begeben, am Oberlauf des Missouri wie in Südkalifornien. Zum Ende des Semesters hielt der Philosoph einen Vortrag über The Destruction of Destructivity, in dem er auf diesen und andere Vorfälle einging, von denen ich ihm berichtet hatte. Das Typoskript seiner Rede habe ich aufbewahrt; ich könnte daraus zitieren, aber ich lasse es bei der Drohung bewenden.

ETWAS WIRD SICHTBAR

Meine Geschichte beginnt und endet in Ouro Preto, der alten Kulturstadt Brasiliens im Bundesstaat Minas Gerais, wo ich, in einem Straßencafé sitzend, Caipirinha schlürfe oder Caipiroska, vielleicht ist es auch Antarctica oder Brahma-Bier, und ins Gespräch komme mit einem Cineasten, der das Handwerk des Filmemachens bei Harun Farocki gelernt hat und wissen will, ob ich dem Filmemacher in Berlin persönlich begegnet bin? Aber hallo – und ob ich ihn kenne! Harun ist ein Uralt-Freund von mir, wir haben Drehbücher geschrieben, Filme gedreht und Fußball gespielt. Aber als ich zu einer längeren Antwort ansetze, fällt der Cineast mir ins Wort und erzählt, wie er bei einem Workshop des Goethe-Instituts in São Paulo Harun Farocki begegnet ist. Der habe ihm eine Videokamera in die Hand gedrückt und ihn aufgefordert, einen Arbeitsvorgang zu filmen von maximal fünf Minuten Länge, und das Ergebnis, ungeschnitten und unkommentiert, einzuspeisen in ein weltumspannendes Filmprojekt mit dem Titel Eine Einstellung zur Arbeit. Die Sache erschien mir abwegig, ich verstand nur Bahnhof, und erst Jahre später, als das Haus der Kulturen der Welt die mit Filmen gekoppelte Werkschau Eine Einstellung zur Arbeit zeigte, fiel es mir wie Schuppen von den Augen, und ich begriff, was für eine geniale Idee, genial in ihrer Einfachheit, Harun Farocki, anknüpfend an Experimente der Gebrüder Lumière, hier verwirklicht hatte. Oder war es Méliès, ein Pionier des Kinos, der sich mit laufender Kamera an einem Fabriktor postierte, um in einer einzigen, überlangen Einstellung zu filmen, wie ein nicht abreißender Strom von Menschen stoßend und schiebend das Gebäude verlässt. Arbeiter verlassen die Fabrik heißt der flirrende Filmstreifen, der aus der Frühgeschichte des Kinos nicht wegzudenken ist. Aber ich will die Geschichte von Anfang an erzählen.

*

Es muss im Sommer 1964 gewesen sein, als der Münchner Filmregisseur Peter Fleischmann Harun Farocki und mich beauftragte, ein Drehbuch zu schreiben über Bernhard Kimmel, der Ende der fünfziger Jahre in Rheinland-Pfalz eine Serie von Banküberfällen verübt hatte und die Polizei an der Nase herumführte, bevor er den Fahndern ins Netz ging und eine lebenslange Haftstrafe verbüßte. AL CAPONE VON DER PFALZ nannten die Medien den Bandenchef, der nach eigener Aussage nicht von dem Gangsterkönig aus Chicago, sondern von Schinderhannes, dem romantischen Räuberhauptmann, zu seinen Taten inspiriert worden war. Der Stoff enthielt alle Ingredienzen eines sozialkritischen Heimatfilms, wie Fleischmann ihn, gestützt auf Martin Sperrs Drama Jagdszenen in Niederbayern, später drehte: Im Wald vergrabene Waffen aus dem Zweiten Weltkrieg, mit denen Kimmel Schießübungen macht; tollpatschige Polizisten, unter die der Gesuchte sich einreiht, um sich an der Großfahndung zu beteiligen; ein Kriminalrat, der seines Amtes enthoben wird, weil er Massenerschießungen jüdischer Geiseln befahl, eine Gangsterbraut namens Revolver-Tilly u. a. m. Alle notwendigen Ingredienzen sind hier versammelt, aber Harun Farocki und ich waren unfähig oder einfach nur ungeeignet, ein Drehbuch daraus zu machen. Schon auf der Fahrt von Berlin nach München in meinem zerbeulten VW redeten wir gezielt aneinander vorbei: Harun schwärmte von Godards Film La Chinoise, während ich mich auf Robert Walser und Kafka berief, die mich mehr interessierten als das zur Pflichtübung verkommene antifaschistische Engagement. Auch später, in Unterschleißheim, wo wir ein von Fleischmann gemietetes Gartenhaus bewohnten, fanden wir keine gemeinsame Sprache mit dem Regisseur, dem ein umgepolter Heimatfilm vorschwebte mit politischem Knalleffekt und krachledernem Sex. Aus Zeitungsartikeln über die Straftaten des pfälzischen Robin Hood schrieben wir Sätze heraus, die uns zu Spielszenen animierten, wie: »Sie überlegten nicht mehr, wo sie einbrechen sollten, sondern wo sie noch nicht eingebrochen waren.« – »Ein massiver Tresor, der Uneinnehmbarkeit suggeriert« oder: »Nach dem Kaufhauseinbruch in Neustadt verstreuten sie Zehnmarkscheine im Stadtpark.« Doch statt des geplanten Drehbuchs fesselten andere Dinge unsere Aufmerksamkeit. Am Rand des verwilderten Grundstücks strömte ein Gebirgsbach vorbei, den wir mit Steinen und Brettern stauten; durch eiskaltes Wasser watend, verankerten wir Küchenstühle im Bachbett, auf denen wir Platz nahmen mit Schreibmaschinen im Schoß – Laptops gab es noch nicht. Und wir schlossen Wetten darüber ab, wem die Strömung zuerst den Stuhl unter dem Hintern wegreißen würde. Alberner Schabernack, wie man sieht, aber gerade deshalb denke ich mit Vergnügen an die Tage in Unterschleißheim zurück.

*

Ich verlor Harun Farocki aus den Augen, doch im Jahr darauf traf ich ihn zufällig am Tresen der Blauen Grotte in der Schlüterstraße, wo ich mit Andreas Baader und Bernward Vesper verabredet war. HANDS UP, sagte Harun und drückte mir den Lauf einer Pistole ins Genick, bei der es sich um einen in Berlin gebräuchlichen Durchsteckschlüssel handelte. Er lobte mein kurz zuvor erschienenes Buch Unerhörte Begebenheiten; besonders die Geschichte vom Brand in einem Bordell hatte es ihm angetan, wo Prostituierte mit Vornamen von A bis Z von Feuerwehrleuten mit

Nachnamen von Z bis A gerettet werden: eine gegenläufige Bewegung, die mir, wie Harun richtig bemerkte, wichtiger war als die Handlung selbst. Und er mokierte sich zu Recht über eine in der Zeitschrift *Konkret* publizierte Buchkritik, in der ich unter Berufung auf Lenin Essays von Roland Barthes verrissen hatte.

Das war 1967: Tiefgreifende Veränderungen kündigten sich an, und ich überraschte mich dabei, dass ich statt Kafka, Robert Musil und Robert Walser den Achtzehnten Brumaire von Marx und Karl Korschs Einführung in den Marxismus las – später kamen Trotzki und Che Guevara dazu. Am 2. Juni protestierte ich vor der Deutschen Oper am Kaiserdamm gegen den Besuch des Schahs von Persien. Ich erinnere mich an Bernward Vesper, der, damals noch mit Gudrun Ensslin liiert, eine Rentnerin beschimpfte, die kopfschüttelnd den unter roten Fahnen vorbeiziehenden Studenten nachblickte: »Wart nur, Alte, dich kriegen wir noch!« Nach den Schüssen auf Benno Ohnesorg fand im Audimax der Technischen Universität ein Teach-in statt, wo Christian Semler deutschen Touristen, die in Franco-Spanien Urlaub machten, mit Attentaten drohte und Harun Farocki einen Kurzfilm über die Herstellung eines Molotow-Cocktails vorführte. Oder war es die Anleitung zum Drehen eines Joints? Die Debatte darüber, ob Molotow-Cocktails, Haschisch und Marihuana legal oder illegal seien, mit den Zielen des Studentenprotests

vereinbar oder nicht, ging in Pfiffen und Buhrufen unter, während ein junges Paar sich auszog und vor aller Augen Sex hatte – den Ausdruck gab es damals noch nicht, die Sache aber sehr wohl. Das Ganze war gedacht als Auftakt zu einer Love-in genannten Orgie, an der sich außer einer Handvoll Voyeure aber niemand beteiligte. Später führte Harun Farocki im Audimax der Freien Universität seinen Experimentalfilm Worte des Vorsitzenden vor, in dem er Seiten aus einer Mao-Bibel zu Papierschwalben gefaltet durch die Luft segeln ließ: Papierschwalbe oder Papiertiger – das war die Frage.
DIE SPRACHE DER REVOLUTION – so hieß, daran anknüpfend, ein Film, den ich 1972 mit Harun Farocki fürs Dritte Programm des WDR drehte. Der zuständige Redakteur hatte bei Enzensberger angefragt, in dessen Kursbuch ich einen Essay über marxistische Ästhetik publiziert hatte, der verwies ihn an mich, und Harun Farocki übernahm die Regie. Zusammen mit Hartmut Bitomski gab er damals die Zeitschrift *Filmkritik* heraus, und sonntags spielten wir Fußball in einer Künstlermannschaft, der neben F. C. Delius und Nicolas Born auch Rudi Dutschke und Wolfgang Neuss angehörten.
Die Sprache der Revolution ist kein herausragender Film, und vielleicht ist das der Grund, warum Harun ihn nicht in sein Werkverzeichnis aufnahm: eine für die frühen siebziger Jahre typische Mischung aus Agitprop und akademischer Gelehrsamkeit mit

Klammerteilen – so nannten wir eingebaute Zitate aus historischem Archivmaterial: von Dantons Verteidigungsrede bei Büchner und dem Plädoyer der Anklage von Saint Just bis zu Lenin, der wie ein Manschettenwerfer mit den Armen fuchtelt zu einem von Ernst Busch gesungenen Text: »Er rührte an den Schlaf der Welt / mit Worten, die waren Kanonen«. Und weiter von Fidel Castro, der das Scheitern der Rekordernte von einer Million Tonnen Zucker eingesteht (»Unsere Feinde sagen: Es gibt Probleme in Kuba. Unsere Feinde haben recht!«) bis zu Rudi Dutschke, der im handgestrickten Pullover Schachtelsätze von sich gibt, deren Inhalt, wie in Kleists Aufsatz Über die allmähliche Verfertigung der Gedanken beim Reden, weniger überzeugt als ihre atemlose Diktion.
Harun Farockis Beitrag zu unserem Projekt war eine in einer Roma-Siedlung bei Leverkusen gedrehte Spielszene, deren tieferer Sinn sich mir erst nachträglich erschloss. Das Zigeunerdorf – die Bezeichnung Roma kam später auf – lag am Rand einer Kiesgrube, in die ein zum Tode Verurteilter geführt wird, um erschossen zu werden. Das Geschehen ist zeitlos wie die Kinder und Hunde, die der Exekution beiwohnen; kein Detail weist auf historische oder politische Umstände hin. Der Verurteilte trägt eine Augenbinde wie auf Goyas berühmtem Bild; er ist barfuß und, getroffen vornüberfallend, malt er mit dem großen Zeh das Wort FREI in den Sand, wobei unklar bleibt, ob

er für die Freiheit stirbt oder den Tod als Befreiung begrüßt. Ästhetischer Minimalismus, der auf die Zeichensysteme der Filmkunst ebenso anspielt wie auf die der Literatur: Man denke nur an Kafkas Erzählung In der Strafkolonie, wo die Foltermaschine dem Delinquenten den Urteilsspruch in die Haut ätzt. Geplant war eine weitere Spielszene, in der Harun Farocki, im Cockpit eines Kampfjets sitzend, einen Luftangriff auf den Kölner Dom simuliert. Das Vorhaben scheiterte am Misstrauen der Bundeswehr – zum Glück, denn damals stürzten Starfighter-Piloten reihenweise ab. Selbst der Ortstermin auf einem Fliegerhorst in der Eifel war riskant, weil Harun ungewollt den Schleudersitz auslöste. Wäre der Mechanismus eingeschaltet gewesen, hätte er ihn an die Decke des Hangars katapultiert.

*

Wer war Harun Farocki? Seine Mutter war Deutsche, sein Vater ein aus Indien stammender Arzt, und Harun sah so aus, wie ich mir den Harpunier Queequeg in Moby Dick vorstellte: mit blauschwarzem Haar, olivgrüner Haut und ohne Fettleibigkeit, weil er Zeit seines Lebens Sport trieb und bis zum Umfallen arbeitete. Beim Fußball feuerte er seine Mitspieler zu Höchstleistungen an, und Gegner gingen ihm aus dem Weg, weil er jeden Zweikampf gewann und auch vor Fouls nicht zurückschreckte. Seine Filme galten als unverständlich, die Texte in seiner den *Cahiers du*

Cinéma nachempfundenen Zeitschrift *Filmkritik* ebenfalls, aber die Beharrlichkeit, mit der er sein Ziel verfolgte, sein Stehvermögen als Fußballer wie als Filmemacher, nötigte Respekt ab.
Der Prophet gilt nichts im eigenen Land, und die Tiefendimension seiner Arbeit erschloss sich mir erst, als ich im Museum of Modern Art eine ihm gewidmete Ausstellung sah. Vor dem Weiterflug nach Haiti machte ich in New York Station, und ich staunte nicht schlecht, als ich im Erdgeschoss des legendären Museums eine Werkschau mit Filmen von Harun Farocki sah. Das an Video-Games und Computer-Animationen erinnernde Bildmaterial sprach für sich; es war postmodern und archaisch zugleich, obwohl es sich weder um Manga-Comics handelte noch um Musikclips, sondern um Lehrfilme für US-Marines, deren Brutalität so selbstverständlich war wie ihr sexueller Signalcharakter: genau das Richtige für Jugendliche, die den Anti-Terror-Einsatz am Bildschirm simulierten, bevor sie ihn in Irak oder Afghanistan praktizierten. Erstaunlich daran war, dass das Pentagon die Filme nicht unter Verschluss hielt, sondern Besuchern bereitwillig zeigte. Harun hatte keine ideologischen Scheuklappen; er war kein Pazifist, und statt der Realität eine politische Tendenz aufzupfropfen, arbeitete er heraus, was in dem Material angelegt und so augenfällig war, dass man es gemeinhin übersah. ETWAS WIRD SICHTBAR hieß ein früher Film von ihm, und dieser Titel passt zu

seiner Arbeit insgesamt. Harun Farocki starb im Sommer 2014 an Herzversagen. Seine Jugend fiel zusammen mit der Hochzeit des Rock 'n' Roll Ende der fünfziger Jahre: Damals wirbelte er eine Tanzpartnerin so wild durch die Luft, dass sie auf den Rücken prallte und bleibende Schäden davontrug – Überwurf nannte man das. Ob und wie er das Trauma in seinem Leben und Werk verarbeitete, kann ich nicht sagen. Aber ich erinnere mich, dass er davon sprach, als die Strömung des Wildbachs, auf dem er zu reiten versuchte, ihm den Stuhl unter dem Hintern wegriss.

Drittes Buch: ERINNERUNGEN AN DEN LITERATURBETRIEB

ALS WERDE EIN BUCH ERWARTET

»Ein Schriftsteller ist eine Person, die sich der Illusion hingibt, es werde ein weiteres Buch von ihr erwartet.« Diese Definition der literarischen Tätigkeit stammt von Reinhard Lettau, der seine Creative-Writing-Seminare in Kalifornien mit der Frage zu eröffnen pflegte: »Wer von Ihnen interessiert sich für Kriminalromane oder für Science-Fiction? Alle, die sich gemeldet haben, verlassen sofort den Saal, denn ich unterrichte nur Literatur!« Damit waren Kleist und Kafka gemeint sowie zwei oder drei Werke der Weltliteratur: Von Werthers Leiden bis zu Peter Schlemihls wundersamer Geschichte. Qualität war Lettau wichtiger als Quantität, und der eingangs zitierte Satz ist nicht nur witziger, sondern auch zutreffender als viele akademische Definitionen, weil er den neuralgischen Punkt benennt, wo spontanes Schreiben umschlägt in den Beruf des Schriftstellers. Bekanntlich ist das zweite Buch das schwierigste, weil der angehende Autor seine Unbefangenheit verliert, wenn er, wie der Jüngling in Kleists Marionettentheater, beim Blick in den Spiegel die eigene Grazie entdeckt – eine bestürzende Einsicht, die das Weiterschreiben erschwert oder ganz unmöglich macht.

»Ein Schriftsteller ist eine Person, die sich der *Illusion* hingibt, es werde ein *weiteres* Buch von ihr erwartet«: In dieser Formulierung ist auch die Möglichkeit enthalten, dass mit dem Schreiben Schluss sein kann, weil dem Autor nichts mehr einfällt, weil das Publikum sich von ihm abwendet oder weil der Tod ihm oder ihr einen Strich durch die Rechnung macht. Aber ich will die Geschichte nicht vom Ende her erzählen, sondern von Anfang an. Der Einfachheit halber beginne ich bei mir selbst.

*

Im Herbst 1963 erhielt ich von einem mir unbekannten Absender einen Brief mit folgendem Wortlaut:

München, den 29. Sept. 1963

Sehr geehrter Herr Buch,
falls Sie auf der diesjährigen Tagung der Gruppe 47 sich an den Lesungen beteiligen wollen, sind Sie zu dieser Tagung herzlichst eingeladen. Die Tagung beginnt am 24. Oktober (Anreisetag) und ist bis zum 28. Oktober. Die Lesungen beginnen am Freitagfrüh um 10 Uhr.
Ort: Saulgau (Württemberg) im Hotel Kleber-Post. Sie können sich ein Zimmer direkt im Hotel bestellen. Bitte geben Sie mir aber Bescheid, ob Sie kommen oder nicht. Mit den besten Grüssen bin ich unbekannterweise

Ihr
Hans Werner Richter

Dieser Brief sollte mein Leben verändern, aber das ahnte ich damals noch nicht. Ich war neunzehn und hatte kurz zuvor am Beethoven-Gymnasium in Bonn Abitur gemacht. Zwar wusste ich, was die Gruppe 47 und wer ihr Vorsitzender war, aber von Hans Werner Richter hatte ich keine Zeile gelesen, und die mit seinem Namen verbundene Nachkriegsliteratur ließ mich kalt – das Wort Kahlschlag beschrieb die Sache genau. Von meinem ersten selbstverdienten Geld hatte ich mir die bei Schocken Books und S. Fischer erschienene Gesamtausgabe der Werke Franz Kafkas gekauft und von der ersten bis zur letzten Seite durchgelesen – nein durchgeackert. Auch die beiläufigste Bemerkung in Kafkas Briefen und Tagebüchern war mir wichtiger als Koryphäen der Gegenwartsliteratur wie Martin Walser und Günter Grass, dessen Blechtrommel ich abgeschmackt fand. Ich weiß nicht, was mir mehr missfiel: der barock verschnörkelte Stil oder das Programm der Vergangenheitsbewältigung, das mir wie die Negativfolie der Kriegserlebnisse erschien, mit denen unser Deutschlehrer uns in der letzten Stunde vor den Ferien langweilte. Erst Jahre später wurde mir bewusst, wie ungerecht mein apodiktisches Urteil war – Ausdruck des Absolutheitsanspruchs einer Jugend, die sich nicht an der vorigen Generation orientiert, sondern an der vorvorigen: Bekanntlich geht die literarische Erbfolge nicht vom Vater auf den Sohn, sondern vom Großvater auf den Enkel oder vom Onkel auf den Neffen über.

Neben der heiligen Dreifaltigkeit Franz Kafka, Robert Walser und Robert Musil duldete ich keine anderen Götter auf meinem Bücherbrett – mit einer Ausnahme: Peter Weiss, selbst Kafka-Epigone, dessen autobiographische Romane ich heimlich unter der Schulbank las. In den Osterferien 1963 trampte ich nach Stockholm, um dem Autor von Fluchtpunkt und Abschied von den Eltern meine Aufwartung zu machen, dessen experimentelle Prosa Der Schatten des Körpers des Kutschers mir unüberbietbar erschien. Das war kein bloßes Geschmacksurteil, sondern eine bewusste Vorentscheidung, weil das Wie des Schreibens mir wichtiger war als das Was: Thema, Sujet, Handlung, Fabel, Stoff oder wie immer man es nennt. Selbst im Zeichen der Politisierung, als platter Inhaltismus an die Stelle des Formalismus der sechziger Jahre trat, hielt ich an dieser ursprünglichen Erkenntnis fest, die ich in der Folgezeit zwar partiell revidieren, aber nie zurücknehmen musste – sie hat mich dauerhaft immunisiert gegen jede Art von Agitprop und vordergründigem Engagement.

Die Begegnung mit Peter Weiss verlief so, wie Henry James in seinen Stories of Artists and Writers Pilgerfahrten junger Talente zu berühmten Kollegen schildert, die den Erwartungen ihrer ungebetenen Besucher zwar nie gerecht werden, doch zuweilen mit einer eher beiläufigen Bemerkung eine reiche Saat aufgehen lassen. Peter Weiss empfahl mir die Lektüre von Rolf Hochhuths Stellvertreter und der Schwierigkeiten beim Häuserbauen von Reinhard Lettau, den ich sofort in mein literarisches Pantheon aufnahm, während ich mit Hochhuths Stück nicht viel anfangen konnte: Erst später begriff ich, dass dessen Stellvertreter Pate gestanden hatte bei Peter Weiss' Drama Die Ermittlung und indirekt auch bei seinem Marat/Sade-Stück, aus dem Weiss vorlas, als ich ihn im Herbst 1963 bei der Gruppe 47 in Saulgau wiedertraf. Aber ich bin dabei, den Ereignissen vorzugreifen.

Ein halbes Jahr zuvor hatte ich meine ersten Schreibversuche an den Suhrkamp Verlag geschickt: epigonale Kurzgeschichten im Orbit von Kafka und Peter Weiss, die ich im Schulunterricht oder in den großen Ferien, während ich bei der Bonner Post Nachtdienst schob, zu Papier gebracht und ohne große Hoffnung in einen DIN-A4-Umschlag gesteckt hatte. Zu meiner Überraschung erschienen einige meiner Texte in einer bei Suhrkamp publizierten Anthologie junger Autoren, und bald darauf erhielt ich den eingangs zitierten Brief von Hans Werner Richter, den der Herausgeber des Bandes, Martin Walser, oder der Verleger Siegfried Unseld auf mich aufmerksam gemacht hatte.

Ich war der jüngste Teilnehmer der Tagung der Gruppe 47, und ich wusste selbst nicht, wie mir geschah. Damals, im Herbst 1963, machte ich mir noch keine Aufzeichnungen; erst Jahre später brachte ich meine Erlebnisse in Saulgau zu Papier in einer Erzählung, die ich auf dem Gruppentreffen in Princeton vorlas, wo Peter Handke das Sterbeglöckchen für die 47er läutete. Hier ein Ausschnitt aus meinem als Fortschreibung von Flauberts L'Éducation sentimentale konzipierten Text:

»Einzeln oder in kleinen Gruppen kamen sie durch die Tür: Verleger und Mäzene, Journalisten und Kritiker, Schriftsteller aller Altersgruppen und Couleurs; Veteranen, die Dutzende von Literaturen überdauert hatten, neben Rekruten, denen der erste Bart ums Kinn stand; der Verkannte Seite an Seite mit dem Überschätzten; das Wunderkind im Gespräch mit dem Geheimtip; die verkrachte Existenz Arm in Arm mit der nationalen Institution. Die Anzüge, von weitem, bildeten eine einzige dunkle Masse, unterbrochen hie und da durch das Weiß eines Kragens, den Farbtupfer einer Krawatte; die grauen Haare, die Brillen waren zahlreich; dazwischen leuchtete ein blanker Schädel, und die Gesichter, gerötet oder sehr blass, trugen Spuren einer unausrottbaren Müdigkeit.

Ich habe zehntausend Mark Schulden und rauche Opium, sagte eine junge Dichterin, eine Sphinx mit schwarzlackierten Fingernägeln und totenblassem Gesicht: Lesen Sie?«

Der Name der Sphinx war Gisela Elsner, und ihre Frage ergab nur im Kontext der Gruppe 47 einen Sinn, denn das Verb »lesen« wird meist mit Akkusativobjekt gebraucht. Ich trug eine Kurzgeschichte vor über eine archäologische Ausgrabung, die buchstäblich im Sande verläuft. Während ich las, sah ich aus den Augenwinkeln heraus, wie der in der ersten Reihe sitzende Marcel Reich-Ranicki die Stirn in bedenkliche Falten legte und sein Nebenmann Walter Jens sich die Haare raufte, was nichts Gutes verhieß. Dabei war ich mir sicher gewesen, dass mein Text preiswürdig war – nicht aus Überheblichkeit, sondern aus jugendlicher Unkenntnis. Der kurz zuvor von Leipzig nach Tübingen übergesiedelte Ernst Bloch deutete das Vorgelesene als Produkt spätbürgerlicher Dekadenz, die mit eisernem Besen ausgefegt werden müsse, und beförderte mich mitsamt meinem Manuskript auf den Müllhaufen der Geschichte. Hans Mayer hielt ein extemporiertes Kolleg, in dem er meinen Text literaturhistorisch einordnete, und Reich-Ranicki dekretierte, die Geschichte tauge nichts und sei für denkende Menschen eine Zumutung, während Hans Magnus Enzensberger von gewolltem Leerlauf sprach, der ihn an Slapstick-Komödien und absurdes Theater erinnerte. Auch Grass und Höllerer sprangen mir bei, doch statt Ankläger und Verteidiger Revue passieren zu lassen, zitiere ich noch einmal aus der unter dem Eindruck des Gruppentreffens entstandenen Erzählung:

»Der Kritiker A. empfand ein gewisses Unbehagen. Der Kritiker B. verstand nur zu gut das Unbehagen des Kritikers A. Welche Unwahrscheinlichkeiten und schreienden Übertreibungen! Ganz im Gegenteil, rief ein anderer: Ich finde das alles viel zu platt und prosaisch; wenn wir noch mehr solcher Texte bekommen, wird die Literatur zum bloßen Abklatsch der Wirklichkeit! Der Kritiker C. fasste die Äußerungen der Kritiker A. und B. mit denen ihres Kontrahenten zusammen und deutete sie als Symptome möglichen Verhaltens gegenüber dem Vorgelesenen. Man dürfe jedoch nicht vergessen, dass der Text mit verschiedenen Ebenen arbeite; auch seien Autor und Erzähler scharf voneinander zu trennen; die Frage sei nur, ob die Ebenen zu einer künstlerischen Einheit verschmolzen seien; andererseits enthalte der Text konstruktive Möglichkeiten, die der Autor nicht voll ausgeschöpft habe. Der Kritiker A. verwahrte sich dagegen, als Symptom betrachtet zu werden; man habe seine Ausführungen falsch referiert; und er wiederholte alles, was er schon einmal gesagt hatte ... Ein Verlagschef hatte eine ganz andere Geschichte gehört als seine Vorredner; er wollte sich erklären, da begann zwischen den Stühlen ein Hund zu bellen, und seine Worte gingen unter in allgemeinem Gelächter.«
So ähnlich, in Rede und Gegenrede, lief die Tagung ab, bis der Herbergsvater Hans Werner Richter die Diskussion mit einem Machtwort beendete: »Ich denke, damit ist alles gesagt!«

Das Ganze war nicht so unschuldig, wie es im Nachhinein klingt, denn zu dem Zeitpunkt, als ich zur Gruppe 47 stieß, hatte diese sich in eine Literaturbörse verwandelt, auf der Zirkulationsagenten den Marktwert von Texten taxierten – genauer gesagt deren Tauschwert, der nicht mit ihrem Gebrauchswert identisch ist. Prominente Kritiker dominierten das Geschehen, sonnten sich im Scheinwerferlicht der Medien und spreizten wie Pfauen ihr Gefieder. Autoren dagegen, deren Muskelkraft das Schwungrad in Gang hielt, waren nur noch als Sand im Getriebe zugelassen, weshalb Sturköpfe wie Arno Schmidt und Uwe Johnson, aber auch Martin Walser und Heinrich Böll den Treffen fernblieben.

*

Auf der Saulgauer Tagung der Gruppe 47 überreichte Walter Höllerer mir einen handgeschriebenen Zettel mit der wie ein Befehl klingenden Einladung, mich Anfang November in einer Gründerzeitvilla in der Berliner Carmerstraße einzufinden, einen Steinwurf entfernt vom Savignyplatz. Ich hatte keine Ahnung, was mich dort erwartete – Höllerers Auskünfte klangen eher nebulös. Nur so viel war klar, dass es sich um eine Schreibwerkstatt handelte, genannt Literarisches Colloquium und finanziert mit Geldern der Ford-Stiftung – böse Zungen behaupteten, das Geld stamme von der CIA, die das kulturelle Ausbluten Westberlins verhindern wollte. Der Bau der Mauer

lag nur zwei Jahre zurück, und außer dem Springer-Konzern hatten fast alle Buch- und Zeitungsverlage Berlin verlassen. Wer war Walter Höllerer, und was war das von ihm begründete Colloquium?
Die zweite Frage ist leichter zu beantworten als die erste: »Das Literarische Colloquium versucht, die Grenzen zwischen Literatur, Literaturkritik und Literaturwissenschaft, die in Deutschland unverhältnismäßig hoch gezogen worden sind, durchlässig zu machen. Es bringt, um dieses Ziel zu erreichen, jüngere, am Anfang stehende Schriftsteller und erfahrene Autoren zusammen, seien es nun Romanciers, Dramatiker, Lyriker, Universitätsprofessoren, kritische Publizisten; es fördert das Zusammenspiel von Literatur und Theater, Autor und Film sowie Fernsehspiel, die Nachbarschaft von Kritik und moderner Sprachwissenschaft, und es hat sich einer Gattung besonders angenommen: des literarischen Essays.«
Dieser programmatische Text stammt von Walter Höllerer, und er ist fünfzig Jahre nach seiner Entstehung in allen Punkten nach wie vor aktuell. Dass das bis heute uneingelöste Versprechen, das Höllerer hier formuliert, ein fernes Echo der zwanziger Jahre war, als russische Formalisten und Futuristen die Grenzen zwischen Linguistik und Literaturwissenschaft ebenso einzureißen versuchten wie die zwischen Autor und Kritiker, Bühne und Publikum, war dem Verfasser dieser Zeilen vermutlich nicht be-

wusst. Wenn überhaupt, hatte Höllerer die Theorien der Formalisten auf dem Umweg über den angelsächsischen New Criticism kennengelernt; umso erstaunlicher sein entschiedenes Bekenntnis zur Modernität, das damals unter Germanisten keineswegs selbstverständlich war: Im Deutschunterricht am Bonner Beethoven-Gymnasium kam Kafka nicht vor, die Gegenwartsliteratur wurde von Autoren wie Stefan Andres und Werner Bergengruen repräsentiert.
Die Frage, wer Walter Höllerer war, ist damit partiell beantwortet: Er war die unautoritärste Autorität, die mir je begegnet ist, ein Germanistikprofessor, der gleichzeitig Lyriker war und Dichtern ohne Komplexe gegenübertrat – auf gleicher Augenhöhe, wie man heute sagt. Sein Interesse an jungen Autoren war nicht geheuchelt, sondern echt, pädagogischer Eros ohne paternalistische Herablassung, und er vermittelte den Nachgeborenen nie das Gefühl, der Zug der Literatur sei abgefahren – im Gegenteil: Neue Töne ließen ihn aufhorchen, auch wenn das dahinterstehende Talent schmal und unausgegoren war. Als Leiter des Literarischen Colloquiums war Höllerer der richtige Mann zur richtigen Zeit am richtigen Ort, und es machte Spaß, ihn zum Lehrer zu haben.
Die Teilnehmer der Werkstatt Prosaschreiben, die im November 1963 in der Carmerstraße zusammentrat, hießen: Ror Wolf, Peter Bichsel, Nicolas Born, Hubert Fichte, Hermann Peter Piwitt, Klaus Stiller, El-

friede Gerstl, Joachim Neugröschel u. a. m. – schon die Nennung der Namen zeigt, dass Höllerer in der Auswahl seiner Stipendiaten, damals noch unbeschriebene Blätter, eine glückliche Hand bewies. Unsere Lehrer waren Hans Werner Richter, Peter Weiss, Peter Rühmkorf und Günter Grass; Hans Mayer und Ernst Bloch hielten Gastvorträge, und Witold Gombrowicz stürzte uns in Verwirrung mit der Frage, ob es bei Kant Urteile a priori gebe oder nicht.

Philosophische Debatten blieben außen vor; stattdessen wurden handwerkliche Probleme erörtert und von den Teilnehmern verfasste Texte kritisiert. Zunächst aber musste man sich auf einen *Modus Operandi* und auf Themen einigen, die für Schreibversuche geeignet waren. Als Beispiel ein kurzer Ausschnitt aus der von Hans Werner Richter und Peter Weiss geleiteten Diskussion.

Born: Ich habe noch einen Vorschlag: eine Liebesszene. Ohne Koitus.

Richter: Warum darf kein Koitus dabei sein?

Born: Er muss nicht ausgeschlossen sein. Aber nicht szenisch verwirklicht, sondern erzählt.

Weiss: Das ist ein sehr weites Thema. Viel weiter als »das Sterben«.

Born: Das finde ich gar nicht. Es läuft doch immer darauf hinaus, dass es sich um zwei Menschen handelt.

Rogosky: Ich bin etwas unglücklich bei dem Thema, weil es, glaube ich, sehr riskant ist. Die Gefahr der harten Geschmacklosigkeiten ist so nah. Es verführt zum Exhibitionismus.

Weiss: Ein bisschen Exhibitionismus steckt in jedem Schreiber. Das ist das Wesen des Autors.

Neugröschel: Ich weiß nicht, ob dieses Thema nicht, im Gegensatz zum Sterben, für die meisten von uns etwas zu bekannt ist. Schließlich würden dann hier Memoiren vorgelesen, was peinlich wäre.

Fichte: Sie haben etwas gegen Memoiren?

Neugröschel: Ich bin für Verfremdung.

Richter: Man kann ein Liebeserlebnis sehr schön verfremden.

Lustig: Ich glaube, es ist ein schweres Thema, weil es ein Prüfstein für die menschliche Reife von jedem von uns ist.

Born: Man könnte höchstens die körperliche Reife bei jedem voraussetzen.

Weiss: Es kommt doch sehr auf die Reife des Autors an.

Rogosky: Gerade weil es eine Frage der Reife ist, wende ich mich dagegen.

Born: Herr Weiss, glauben Sie, dass die Reife des Autors bei der Behandlung des Themas unerlässlich ist?

Weiss: Ich finde die Reife des Autors in jedem Fall unerlässlich. Wenn man als Autor unreif ist, dann wird alles Beschriebene unreif. Nennen wir es das »innere Material« und nicht »Reife«. Ob man etwas zu sagen hat oder nicht.

Ich weiß nicht, ob das auch für die übrigen Teilnehmer galt, aber was mich betraf, so hatte ich wirklich »nichts zu sagen« im Sinne des Diktums von Peter Weiss – meine Weltkenntnis beschränkte sich auf Schule und Universität, Ferienjobs und Tramptouren nach Skandinavien und in die Provence. Lehrreicher als Streitgespräche im Literarischen Colloquium war die Erkundung der umliegenden Stadt: Wanderungen durch Kreuzberg unter der kundigen Führung von Günter Bruno Fuchs oder Besuche in Friedrichshagen bei Johannes Bobrowski, der Hubert Fichte und mir auf dem Spinett vorspielte. Der schmerzhafte Einbruch der Realität vollzog sich am 22. November 1963 mit der Ermordung John F. Kennedys, die ich in Gesellschaft von Hermann Piwitt und Nicolas Born am Fernsehschirm einer Eckkneipe in Charlottenburg erlebte. Blöde witzelnd, reihten wir uns in den Trauerzug ein, der über Kurfürstendamm und Tauentzienstraße zum Schöneberger Rathaus zog, von dessen Balkon herab der Regierende Bürgermeister Willy Brandt in angetrunkenem Zustand eine lallende Rede hielt. Dies war meine erste politische Demonstration, und noch heute sehe ich die Billardspieler vor mir, die sich mit Queues unter dem Arm aus dem Fenster eines Billardsalons in der Joachimsthaler Straße beugten.

Ein anderes Rendezvous mit der Geschichte habe ich verpasst: Am Savignyplatz, nicht weit vom Literarischen Colloquium, wohnte der Maler George Grosz, dessen Name mir damals nicht viel sagte; selbst wenn es anders gewesen wäre, hätte *ich* ihm nichts zu sagen gehabt. Ähnliches gilt für Oskar Maria Graf, der mit Kniestrümpfen Lederhosen und Tirolerhut in Berlin-Charlottenburg aus seinen Werken las. Seine Gastgeber waren Gudrun Ensslin und Bernward Vesper, der Sohn des Nazidichters Will Vesper, aber das ist ein Kapitel für sich.

Zurück zum Literarischen Colloquium, wo man eigentlich nur lernen konnte, wie man besser nicht schreibt. Der Leerlauf rein formaler Diskussionen steigerte sich im Endspurt zu drastischer Komik, deren überdrehter Humor nicht ganz unfreiwillig war:

Rühmkorf: Heißt es nicht »grünbeschranktes Zimmer«?

Simeret: Man kann natürlich auch »grünbeschrankt« schreiben – das ist vielleicht richtig. Eigentlich müsste es so heißen. Aber ich habe mir als Schriftsteller das Recht genommen, »grünbeschränkt« zu sagen. (Gelächter)

Simeret: Wie ich auch andere unschöne Worte absichtlich hingesetzt habe.

Fichte: Jetzt ist mir aber nicht mehr ganz geheuer hier.

Stiller: Selbst das Wort beschrankt kommt aber von Schranke, mein Lieber, und nicht von Schrank!

Rühmkorf: Ich glaube auch nicht, dass man von Schrank »beschränkt« ableiten kann.

Huber: Mir gefiel wirklich ausgezeichnet »mein Hirn zur Nasenbude«.

Simeret: Da habe ich Nietzsche zitiert: »Rom ward zur Hurenbude«.
Fichte: Simeret macht sein Gehirn zur Hure!
Rühmkorf: Zusammensetzungen mit Bude gibt es nicht nur bei Nietzsche. Das Parlament als Quasselbude ...
Fichte: Das Bild mit der Nasenbude ist eigentlich ganz schön, nur möchte ich Simeret fragen – stimmt es in der Information?
Rühmkorf: Das möchte ich auch wissen! Wenn er sagt »Rom ist eine Hurenbude« – sicher! Ein ganz klarer Sachverhalt. Aber warum ist das Hirn hier die »Nasenbude«?
Simeret: Weil nur noch die Nase da ist und ihr gegenüber alles andere von zwergenhaftem Ausmaß. So wird alles andere »nasisch«.
Buch: Eckart von Naso –
Rühmkorf: Sie verstehen das Hirn nur noch als loses Anhängsel der Nase?
Simeret: Das Hirn ist in diesem Fall nicht so sehr als aus weißen und grauen Zellen bestehend gemeint, sondern mehr als Abstraktum.
Buch: Schädel als Nasenbude wäre richtiger.
Fichte: Das Rückenmark als Hurenbude, das wäre –
Rogosky: Die Nase ist doch hier leitmotivisch gebraucht!

Wolf Simeret war ein Sohn des Lyrikers Ernst Meister, der Nicolas Born zum Dichten ermutigt hatte;

nach der Teilnahme am Colloquium trat er nicht wieder literarisch hervor. Wolf D. Rogosky dagegen machte als Werbetexter Karriere und scheffelte mit Jägermeister-Reklame mehr Geld, als damals wie heute mit Gedichten und Romanen zu verdienen war.

*

WELCOME GROUP 47 stand in überdimensionalen Lettern – vielleicht sogar in Leuchtbuchstaben – an der Auffahrt zum Holiday Inn in Princeton, New Jersey, wo die Gruppe sich im Frühjahr 1966 zu ihrer vorletzten Tagung traf. Es war nicht ihr erster Auslandseinsatz; anderthalb Jahre zuvor hatten die 47er in Sigtuna, Schweden, getagt, aber die äußere Expansion schadete dem inneren Zusammenhalt, und wie bei einem Großreich, das seine Grenzen überdehnt, waren die Verfallssymptome unübersehbar geworden.
Als ich mein Zimmer im Holiday Inn betrat, fand ich das Doppelbett von einem hübschen Mädchen mit Beatles-Haarschnitt besetzt. Es hieß Peter Handke, und dieser Name war damals nur wenigen Eingeweihten bekannt; weil der Andrang der Gäste die Zahl der verfügbaren Zimmer überstieg, hatte die Hoteldirektion den jungen Österreicher bei mir einquartiert. Handke las die ganze Nacht über Kriminalromane, duschte mehrmals am Tag und kündigte den bis dahin geltenden Konsens der Gruppe 47 auf

mit einer Publikumsbeschimpfung, durch die er die deutschsprachige Gegenwartsliteratur ins Abseits stellte und sich selbst in eine höhere Umlaufbahn katapultierte.

Ich gehörte nicht zu den Glücklichen, denen das German Department – vielleicht war es auch das State Department oder die CIA – Rundflüge oder Busfahrten kreuz und quer durch die USA spendierte; Handke war einer von ihnen, und das Resultat dieser Reise war Der kurze Brief zum langen Abschied, vielleicht sein gelungenstes Buch. Aber ich kann nicht klagen, denn ein Jahr später erhielt ich eine Einladung zum Writer's Workshop der University of Iowa, dessen Gründer, der Lyriker Paul Engle, Schriftsteller aus der ganzen Welt in Iowa City versammelte.

Die Überfahrt erfolgte damals noch per Schiff, und auf dem Generalkonsulat der USA in Dahlem musste ich schriftlich bestätigen, dass ich weder Syphilis noch Tuberkulose hatte – Aids gab es noch nicht –, kein Nazi-Verbrecher war und auch kein Kommunist. Um meine Englischkenntnisse zu testen, ließ der Konsul mich einen Besinnungsaufsatz schreiben über Demokratie, und erst als ich diese Hürden genommen hatte, stempelte er das Visum in meinen Pass. Sein Misstrauen war nicht unbegründet: Das Revolutionsjahr 1968 warf seine Schatten voraus, und statt der Bill of Rights oder der amerikanischen Verfassung las ich, im Deckstuhl sitzend, Che Gue-

varas Mensch und Sozialismus auf Cuba, Trotzkis Autobiographie und Mao Tse-tungs Reden bei der Aussprache in Yenan über Literatur und Kunst, bis die Atlantikdünung mir die Lektüre und den Appetit verdarb.
Im Frühjahr 1967 hatte Paul Engle zusammen mit Nieh Hualing, einer taiwanesischen Schriftstellerin, das International Writing Program aus der Taufe gehoben, das im Herbst seine Arbeit aufnahm. Der Writer's Workshop der University of Iowa war damals schon legendär: Tennessee Williams hatte hier debütiert, und Kurt Vonnegut, der die Zerstörung Dresdens als Kriegsgefangener erlebt und den Roman Schlachthof fünf geschrieben hatte, unterrichtete Prosaschreiben. Schriftsteller aus Asien, Afrika und Lateinamerika nahmen an der von Paul Engle geleiteten Übersetzerwerkstatt teil, und wie anderswo auch war das Drumherum interessanter als der Lehrbetrieb. In meiner Erinnerung fand in Iowa eine niemals endende Party statt, auf der Steaks gegrillt, Whiskey aus Styroporbechern getrunken und Joints geraucht wurden. Ein äthiopischer Dichter drohte mit Selbstmord, als eine Blondine ihm den Laufpass gab, und ein polnischer Schriftsteller rief mich nach Mitternacht an und fragte in näselndem Französisch, wie man Spaghetti zubereite; er sprach kein Englisch, und das auf der Packung ausgedruckte Rezept war ein Buch mit sieben Siegeln für ihn. Die Landmaschinenfabrik John Deere, die den Workshop

sponserte, lud uns auf einen Mississippi-Dampfer ein, wo Kentucky Fried Chicken serviert wurde und wir Lieder aus unserer Heimat zum Besten gaben; um die Gastgeber zu ärgern, sangen wir mehrsprachig die Internationale. Ein kambodschanischer Dichter zog sich die Schuhe aus, setzte sich auf den Boden, trommelte mit den Fäusten, heulte und schrie; auf Befragen erklärte er, das sei ein Gedicht über die Zukunft seines Landes. Wie prophetisch diese Worte waren, ahnte keiner von uns: Bald nach seiner Rückkehr marschierte die US-Armee durch den sogenannten Papageienschnabel von Vietnam nach Kambodscha ein, und U Sam Oeur – so hieß der Dichter – verschwand spurlos nach der Machtergreifung der Roten Khmer. Brillen tragende Intellektuelle hatten unter Pol Pot ihr Leben verwirkt, ganz zu schweigen von Kambodschanern, die in den USA studiert hatten und deshalb als Spione galten. Präsident Johnson befahl die Bombardierung von Hanoi, Martin Luther King und Robert Kennedy wurden ermordet und die Tet-Offensive im Januar 1968 machte der Weltöffentlichkeit klar, dass die amerikanische Präsenz in Vietnam, ähnlich wie später in Afghanistan und im Irak, nicht länger aufrechtzuerhalten war. Ich solidarisierte mich mit Studenten, die ihre Einberufungsbefehle verbrannten und dafür Gefängnis oder Exil riskierten, und nahm an Protesten gegen den Vietnamkrieg teil. Das FBI entsandte einen Spezialagenten aus Omaha, der die

Universitätsleitung aufforderte, mich nach Deutschland zurückzuschicken, weil ich die Sicherheit meines Gastlands gefährde. Der Rektor lehnte das Ansinnen ab und schlug dem FBI-Mann, der wie in Hollywoodfilmen einen Trenchcoat trug, die Tür vor der Nase zu: ein Beispiel seltener Zivilcourage, von dem die Universität keinerlei Aufhebens machte – erst Jahre später erfuhr ich durch Zufall davon.

*

Am Writer's Workshop der University of Iowa habe ich ebenso wenig das Handwerk des Schreibens erlernt wie vorher am Literarischen Colloquium. Aber es war ein Privileg, mit Schriftstellern aus fernen Ländern über deren Arbeit zu diskutieren – Flugreisen waren seltene Ausnahmen, der Jet-Tourismus steckte noch in den Kinderschuhen.
Obwohl ich selbst kreatives Schreiben unterrichtet habe – in Bremen, Leipzig und Tübingen, San Diego und Austin –, glaube ich nicht, dass Literatur erlernbar ist; das Einzige, was auf diesem Weg vermittelt werden kann, ist die Fähigkeit zur Selbstkritik, ein geschärfter Blick für die Stärken und Schwächen eines Texts. Es ist schwer, ja unmöglich, sich einsame Genies wie Hölderlin und Novalis auf einer Tagung der Gruppe 47 vorzustellen, oder notorische Einzelgänger wie Kafka und Kleist, an dessen Grab ich mit HC Artmann im Schnee Rosen niederlegte. Hingegen sind gesellige Autoren wie Goethe und Tho-

mas Mann durchaus im Kontext einer Literaturwerkstatt vorstellbar, wie auch Theodor Fontane, der dem Dichterkreis Tunnel über der Spree angehörte und als Reporter vom Deutsch-Dänischen und Deutsch-Französischen Krieg berichtete. Das Phänomen datiert nicht erst von heute: Goethe war Writer in Residence am Weimarer Hof und nahm als Embedded Journalist am Feldzug der preußischen Armee gegen das revolutionäre Frankreich teil.

*

Vor etlichen Jahren, als ich Reinhard Lettau an der University of California vertrat, wollte ein Student von mir wissen, wer meine Bücher ins Deutsche übersetze. Die Auskunft: »I write them directly in German«, rief ungläubiges Erstaunen hervor. »Wow, that must be difficult«, rief jemand aus der Tiefe des Raums – so als würden alle Bücher zuerst in Englisch geschrieben und dann für Minderheiten wie Japaner oder Chinesen in deren Sprachen übersetzt werden. Dabei fällt mir ein, dass US-Vizepräsident Dan Quayle damals auf Befragen erklärte, in Lateinamerika sprächen die Leute Latein.
Intellektueller Hochmut ist trotzdem fehl am Platz, denn am Writer's Workshop in Tübingen hatte man noch nie etwas von Puschkin gehört, während die Kunde vom Spanischen Bürgerkrieg nicht bis zur Uni Bremen gedrungen war und das Literaturinstitut in Leipzig eher einem Tierheim glich: Die Semi-

narräume waren mit zottigen Hunden belegt, die durch Bellen den Unterricht störten und durch Blähungen den Abbruch des Seminars erzwangen. Pisa ist der Fachausdruck dafür – so als sei die Stadt mit ihrem schiefen Turm nicht schon gestraft genug.

FRÜHSTÜCK BEI TIFFANY

New York, Februar 1980. Susan Sontag hatte mich zum Frühstück eingeladen, es war schneidend kalt und ich erinnere mich, dass das Taxi auf dem Weg vom Kennedy Airport zum Gramercy Hotel an einem Hochhaus vorbeifuhr, das im Lauf der Nacht Feuer gefangen hatte und sich durch den Einsatz der Fire Fighters, die das brennende Haus aus vollem Rohr mit Löschwasser bespritzten, in eine Zuckerbäckertorte verwandelte oder in ein Feenschloss, das besser nach Disneyland passte als nach New York. Ich rieb mir ungläubig die Augen beim Anblick des Kristallpalasts, den ich Neu Avalon nannte, und kurz darauf hielt das Taxi an dem mit Vorhängeschlössern abgesperrten Gramercy Park, dessen Betreten nur gestattet war, wenn man sich von der Rezeption den Schlüssel aushändigen ließ, weil Grünanlagen und Parks als Verbrechensorte galten – den Ausdruck No-Go-Area gab es noch nicht. Das Hotelzimmer war winzig klein, total überheizt, und beim Versuch, frische Luft hereinzulassen, klemmte ich mir den Daumen, als die Verriegelung nachgab und das Schiebefenster auf meine Hand herabsauste.
Ich stillte die Blutung mit Tempotaschentüchern, die

hierzulande Kleenex hießen, warf mich aufs Bett und ließ das Gespräch Revue passieren, das ich während des Fluges mit Hans Magnus Enzensberger geführt hatte, der Business Class reiste, während ich in der Economy saß und mit Sekt statt Champagner vorliebnahm. Schwamm drüber, denn die Einladung zu einer Podiumsdiskussion über Zensur an der New York University war ein Privileg, das ich Joseph Brodsky zu verdanken hatte, den ich ein Jahr zuvor beim PEN-Kongress in Rio de Janeiro kennengelernt hatte.

Ich berichtete Enzensberger von der Räumung eines besetzten Hauses in der Potsdamer Straße, bei der ein unbeteiligter Jugendlicher, der nicht Benno Ohnesorg hieß, von einem Polizeiauto überrollt worden war; seitdem brannten Kerzen und häuften sich verwelkte Blumen am Eingang zum U-Bahnhof Nollendorfplatz. Enzensberger hörte nur mit halbem Ohr zu. Er gab neuerdings die Zeitschrift *Transatlantik* heraus, ein, wie er sagte, Journal des Luxus und der Moden, für das er mich als Mitarbeiter gewinnen wollte, und hatte sich von seinem politischen Engagement distanziert, während ich Idiot noch immer an die Ideen von 1968 glaubte und vergeblich versuchte, die Imperative der Revolution mit meinen literarischen Vorlieben und erotischen Obsessionen in Einklang zu bringen. Doch der Zug war abgefahren – verlorene Liebesmüh!

Susan – so nannten sie ihre Freunde – lebte in der

24. Straße, nicht weit vom Village Vanguard, einem Jazzlokal, wo ich John Coltrane gelauscht und Miles Davis Feuer gegeben hatte für seinen Joint, den er in der Men's Room genannten Toilette paffte. Die auf einen Papierstreifen gekritzelte Adresse von Susan Sontag legte ich in eins ihrer Bücher, das Im Zeichen des Saturn hieß, kann das Buch aber nicht wiederfinden – entweder habe ich es verliehen oder es ist bei einem Umzug verlorengegangen. Warum Susan mich zum Frühstück in ihr Haus einlud, weiß ich nicht mehr, vermute aber, dass es mit meiner Wortmeldung zum Thema Zensur zusammenhing: Die Debatte komme mir typisch amerikanisch vor, hatte ich gesagt, denn Zensur sei keine Ausnahme, sondern die Regel in den meisten Ländern der Welt, einschließlich westlicher Demokratien, die das Banner der Meinungsfreiheit schwenken. Der Menschenrechtsanwalt Aryeh Neier und der Soziologe Richard Sennett stimmten mir zu, und Susan Sontag drückte mir einen Zettel mit ihrer Telefonnummer in die Hand. Oder ging die Einladung auf den PEN-Kongress in Toronto zurück, wo Joseph Brodsky, Susan Sontag und ich den gordischen Knoten einer ermüdenden Diskussion zerschlugen, indem wir ein Telegramm an Fidel Castro schickten mit folgendem Wortlaut: »Comandante! Wollen Sie als Befreier in die Geschichte eingehen oder als Unterdrücker? Lassen Sie Valladares frei!« Die Anrede stammte von mir, Text und Idee von Joseph Brodsky, und das Telegramm

zeigte Wirkung: Kubas Jefe Supremo entließ den unbotmäßigen Schriftsteller aus jahrzehntelanger Haft, und Armando Valladares durfte nach Paris ausreisen, wo François Mitterand ihn mit offenen Armen empfing.

So weit, so gut oder vielmehr so schlecht, denn als ich an der zwischen Geschäfts- und Bürogebäuden eingezwängten Haustür geklingelt und die steile Treppe erklommen hatte, zeigte es sich, dass Susan Sontag weder Kaffee noch Tee parat hatte, nur abgestandenen Maxwell-Kaffee, der noch schaler schmeckt als Nescafé. Ich schlug vor, bei McDonald's zu frühstücken, aber Susan erklärte, sie kenne sich auf der Rive Gauche in Paris besser aus als in Greenwich Village und verstieg sich zu der Behauptung, noch nie einen Hamburger gegessen zu haben. Um des Friedens willen gab ich nach und stellte mich statt des erhofften Cappuccino auf Pulverkaffee ein.

»You performed quite well«, sagte Susan Sontag und blies in den aus ihrer Henkeltasse aufsteigenden gekräuselten Rauch – dasselbe hatte sie kürzlich zu Umberto Eco gesagt, als wir nach dessen Lesung an der New York University in einem sizilianischen Restaurant Spaghetti aßen: »You performed quite well!« Ich habe mir den Wortlaut gemerkt, weil ich das Verb »to perform« eher mit Rockstars oder Jazzmusikern in Verbindung brachte als mit Schriftstellern. Aber man lernt nie aus. Umberto Eco lehnte sich geschmeichelt zurück und signalisierte dem Wirt mit kreiselnder Bewegung, dass die Zeche auf seine Rechnung ging. »Hätte ich das gewusst«, seufzte Susan Sontag, »hätte ich ein teureres Gericht bestellt!« Und Umberto Eco erzählte, spitzbübisch wie ein Schuljunge, dem ein spaßiger Streich gelungen ist, er habe durchgesetzt, ein für morgen geplantes Interview mit der Zeitschrift *Vanity Fair* nicht im Hotel oder an der Universität zu geben, sondern auf dem Rücksitz einer Limousine auf der Fahrt zum Kennedy Airport; dabei werde Kaviar und Champagner gereicht. »Bravo«, rief Susan Sontag, »nimmst du mich mit?« Die Fortsetzung des Gesprächs ging in Gläserklirren und Gelächter unter.

»You performed quite well« – diesmal war *ich* gemeint, und erst Stunden später, als ich auf der Seventh Avenue ins Taxi stieg, begriff ich, worauf Susans Lob sich bezog. Ihr zufolge war meine Bemerkung, die Diskussion komme mir typisch amerikanisch vor, weil Zensur keine Ausnahme, sondern weltweit die Regel sei, weder beiläufig noch unschuldig, sondern Teil eines raffinierten Kalküls, um die New Yorker Intelligentsia und die US-Medien auf mich aufmerksam zu machen nach der Devise: »If you have made it here, you've made it everywhere« – ein Missverständnis, das tief blicken ließ.

Jetzt beugte sie sich vor – der aus der Kaffeetasse wallende Dampf war verweht – und wollte wissen, wer meine Lieblingsschriftsteller seien. Die von ihr bevorzugten Autoren, setzte sie ungefragt hinzu, sei-

en Oscar Wilde, Marcel Proust und Henry James. Früher hätte ich Kafka, noch früher Karl May genannt, doch Susan Sontags Frage hatte mich auf dem falschen Fuß erwischt. Ich weiß nicht, welcher Teufel mich ritt – vielleicht war es eine Nachwirkung der Gin Martinis, die wir am Abend zuvor verkostet hatten. »Lieblingsschriftsteller mhm«, hörte ich mich sagen und setzte lallend hinzu, die Gegenwartsliteratur lasse mich kalt, ich hätte keine Vorlieben auf diesem Gebiet. »Aber wenn du es genau wissen willst und mich direkt fragst – Elvis!« – »Wer ist das?«
Susan Sontag blickte mich verständnislos an – Kulturschock ist das richtige Wort dafür. Selbst wenn sie noch nie einen Hamburger gegessen hatte, musste sie wissen, wer Elvis Presley war – ihr Freund Andy Warhol hatte das Rockidol lebensgroß porträtiert.
Die Szene wiederholte sich Jahre später in Peking in einer Buchhandlung namens Shakespeare und Co., wo ein chinesischer Fernsehreporter, Mitarbeiter eines auf Kunst und Literatur spezialisierten TV-Kanals, mich am Tresen sitzend interviewte. Ich hatte Moutai-Schnaps getrunken, und der Journalist hielt mir ein Mikrophon vor die Nase und fragte auf Englisch, wer mein Lieblingsschriftsteller sei. »Lieblingsautor mhm«, murmelte ich, »ehrlich gesagt habe ich keinen Lieblingsautor.« Und ich summte ein Lied vor mich hin, einen Sprechgesang, wie Elvis ihn anstimmt, wenn er seinen Fans eine Lebensweisheit verticken will: »If you find your sweetheart / in the arms

of your friend / that's when your heartache begins«, deklamierte ich voller Inbrunst und fuhr fort: »Love is a thing / that no one can share / so don't bring a friend into your love affair!«

Asiaten haben wenig Sinn für Ironie – sie nehmen ernst, was Westlern witzig erscheint, und umgekehrt. Stichwort Shakespeare: Als der nigerianische Nobelpreisträger Wole Soyinka in Seoul darlegte, Shakespeare sei ein arabischer Märchenerzähler namens Cheikh Subairi gewesen, der als Sklave nach England verkauft und dort Theaterdirektor geworden sei, druckten koreanische Zeitungen die Sensationsmeldung auf Seite eins, und die Anglistik-Professoren waren verzweifelt, weil sie umlernen mussten. So auch hier: Der Fernsehmann bat mich, den Elvis-Song zu wiederholen, was mir nur zur Hälfte gelang, weil der neben mir sitzende Poet aus Salzburg eine Mozart-Arie trällerte, und ich zog mich aus der Affäre, indem ich den Spruch von Laotse WÚ WÉI ER WÚ BÙ WÉI (wer nichts tut, erreicht alles) zum Nonplusultra der Literatur erklärte. Auch das hatte ein Nachspiel, denn weitere zehn Jahre später baten Studierende der Ocean University in Qingdao, wo ich deutsche Lyrik lehrte, mich, LOVE ME TENDER zu singen, weil sie meinen bei Facebook geposteten TV-Auftritt gesehen hatten, der in China tausendfach angeklickt worden war – ein sprechender Beweis für die Wahrheit des Satzes, dass, wer nichts tut, alles erreicht.

»Baby let me be / your loving Teddy Bear / put a chain around my neck / and lead me anywehre / o let me be / o let him be / your Teddy Bear!« Susan Sontag schnipste mit den Fingern vor meinem Gesicht, um mich aus meinem durch Alkohol bewirkten Delirium zu wecken, und wir sprachen über Syberbergs Hitler-Film, den sie in der *New York Review of Books* überschwänglich gelobt hatte. Nach dem Frühstück riet sie mir, in New York zu bleiben oder so schnell wie möglich dorthin zurückzukehren. »In Manhattan«, sagte Susan Sontag und sah mich, um die Wirkung ihrer Worte zu überprüfen, *scharf* an, »findest du jede Art sexueller Befriedigung: lecken, ficken, blasen, oral, anal, Gummi- und Lederfetischismus, SM. Es gibt nichts, was es hier nicht gibt!« Ich dachte an den sommersprossigen Soziologieprofessor, der mich in eine Schwulensauna mitnehmen wollte, und winkte ab. Susan grinste schadenfroh, als ich seinen Namen nannte. »Die Tunte kommt nie zum Erfolg, obwohl oder weil er es bei jedem versucht. – Komm bald wieder nach New York!« Zum Abschied hauchte sie mir einen Kuss auf die Stirn, der mich wie ein Stromstoß vom Scheitel bis zur Sohle durchrieselte, bevor ich mich für das fehlende Frühstück entschädigte und bei McDonald's einen Hamburger herunterschlang – oder war es ein Cheeseburger?

Danach herrschte jahrelang Funkstille zwischen uns, und als ich Susan Sontag wiedersah in einem griechischen Restaurant in Berlin-Friedenau, kam das Gespräch auf Neue Musik. Früher habe sie geschwankt zwischen Stockhausen und John Cage, meinte sie, doch heute ziehe sie Arvo Pärt allen zeitgenössischen Komponisten vor. Ich sei kein Experte auf diesem Gebiet, sagte ich, und nannte den Namen einer Fado-Sängerin, deren Kunst mich beeindruckt hatte. »Natürlich kenne ich Lissabon und weiß, was Fado ist! Apropos – gibt es hier Lammkoteletts?« Ich signalisierte dem Wirt, dass die Zeche auf meine Rechnung ging, und während er Vorspeisen auftrug, stellte Susan Sontag mir eine Frage, die sie besser nicht gestellt hätte: »Is Adolf Muschg the best writer in Switzerland, or is he only number two?«

Hör zu, Susan, sagte ich sinngemäß, wir nummerieren unsere Schriftsteller nicht. »Muschg is a very good writer – ça suffit!« In der Annahme, ich hätte sie falsch verstanden, wiederholte sie die Frage: »Is Adolf Muschg the best writer in Switzerland, or is he only number two?« Ich kann schlecht begründen warum, aber von diesem Moment an war Susan Sontag für mich nicht mehr die Nummer eins.

HELDEN DES RÜCKZUGS

WRITER IN RESIDENCE: Ich weiß nicht, wer diesen Ausdruck geprägt hat oder wann und wo er erstmals benutzt worden ist, aber die in Wörterbüchern gegebenen Erläuterungen weisen auf den geheimen Sinn des Ganzen hin. »Living in a specified place for the performance of one's work or duties«, heißt es im Oxford Dictionary unter dem Stichwort »in residence«, und der Petit Robert wird noch deutlicher: »Séjour effectif et obligatoire en un lieu; obligation de résider d'une personne astreinte par décision de justice à rester dans un lieu« – durch Gerichtsbeschluss erwirkter Zwangsaufenthalt an einem bestimmten Ort. So besehen ist das Schriftstellerstipendium oder die Stadtschreiberstelle – das Deutsche kennt keine Entsprechung für Writer in Residence – ein Sonderfall von Hausarrest oder Gefängnishaft mit dem Unterschied, dass die Festsetzung des Delinquenten nicht von einem ordentlichen Gericht, sondern von einer Jury aus Kulturfunktionären verfügt wird. Die mit der Annahme des Stipendiums verbundene Auflage, Wewelsfleet oder Wiepersdorf nicht ohne Genehmigung zu verlassen, zeigt, dass diese Behauptung keineswegs übertrieben ist. Nicht von ungefähr werden

Künstler und Schriftsteller an Orte verbracht, die einst zum Wegschließen von Straftätern dienten: Schuldtürme und Verliese, Folterkeller und Rüstkammern, Kornspeicher und stillgelegte Fabriken. Im brandenburgischen Wiepersdorf hatte der Stipendiat die Wahl zwischen Pferdestall und Kutschenremise, der Turmschreiber von Mannheim wohnte im ehemaligen Wasserturm, der Stadtschreiber von Rheinsberg im Schlosshof, dessen Verlassen lebensgefährlich war, weil die Zufahrt von Neonazis belagert wurde, die dem Schreiberling einen Denkzettel verpassen wollten. In Kniphausen bei Wilhelmshaven war das Schloss eine Burg und die Neonazis waren Hell's Angels, die auf Kosten der Stadt, um Obdachlose fernzuhalten, im Burghof Bier soffen, und in Saint Nazaire an der französischen Atlantikküste sind Stipendiaten neben Betonbunkern untergebracht, in denen von Feindfahrt zurückkehrende deutsche U-Boote gewartet wurden. In allen Fällen geht es um Freiheitsentzug, Festungshaft mit Urlaub auf Ehrenwort, wie sie der plattdeutsche Dichter Fritz Reuter durchlitt. Die Therapie war erfolgreich und ließ den nicht sesshaften zum sesshaften Autor werden, der statt UT MINE STROMTID UT MINE FESTUNGSTID schrieb, wobei das Wort Strom sich nicht auf einen Fluss, sondern auf das Herumstromern bezog. Hier wird das Ziel des Stipendienwesens sichtbar: Die Domestizierung in freier Wildbahn lebender Dichter – Käfighaltung für

Schriftsteller hat Thomas Lehr das genannt. Dass die von Stadtschreibern produzierte Lyrik und Prosa auch in Rheinsberg oder Lingen nur auf mäßiges Interesse stößt, weil Eier von freilaufenden Hühnern herzhafter schmecken als in Legebatterien erzeugte, ist ein Nebeneffekt der Literaturförderung: Die schwer verkäuflichen Bücher werden mit Subventionen gedruckt, und der Stipendiat bedankt sich dafür, indem er in der Fußgängerzone gelegene Geschäfte und Restaurants frequentiert, die ohne ihn leer stünden. So schließt sich der Kreis, und das Geld fließt zum Steuerzahler zurück.

*

Es gibt Literaten, die wahre Virtuosen sind: nicht im Verfassen von Romanen oder Gedichten, sondern im Formulieren von Förderanträgen, die nicht abgelehnt werden können, weil sie alle Kriterien erfüllen wie etwa den sogenannten Berlin-Bezug – es darf auch ein Hessen- oder Niedersachsen-Bezug sein. Die Menge an Literatur, die auf diesem Weg entsteht, ist umgekehrt proportional zur Lebens- und Arbeitszeit, die viele Autoren, freiwillig oder unfreiwillig, an Stipendienorten verbringen – ich spreche von Quantität, nicht von Qualität. Eine Ausnahme stellt der im Folgenden zitierte Text von Gert Loschütz dar, die Schilderung eines Aufenthalts im brandenburgischen Beeskow, der zum Horrortrip wird. Als der Autor kurz nach der Wende dort eintrifft, ist niemand da,

um ihm den Schlüssel auszuhändigen, weil der Literaturreferent sich mit dem Kulturamtsleiter zerstritten hat, und in der Stipendiatenwohnung stapeln sich unausgepackte Ikea-Möbel:
»Meine Räume liegen im Atelierhaus, gegenüber dem Alten Amt, dem nach dem Turm ältesten Teil der Burg.
Es sind zwei Räume, zu denen eine steile Treppe hinaufführt. Oder ist es einer? Oder sind es drei? Ein schmaler Schlafraum, ein tanzsaalgroßer Raum, in dem die Worte merkwürdig widerhallen, und ein dritter, vollgestellt mit Ölbildern, Drucken und Zeichnungen, die MELKERINNEN BEI DER ARBEIT, ALTER KAUKASIER oder DER STAATSRATSVORSITZENDE BEGRÜSST GÄSTE heißen.
Drei Räume also. Oder sind es vier? Rechnet man das fenster- und badewannenlose Bad hinzu, sind es wohl vier. Und wohin führt die nicht abschließbare Tür in der Nische?«
Die beredte Klage über den Literaturbetrieb hat die Literatur von Anbeginn begleitet, nur die Form der Wehklage hat sich geändert, ebenso wie die Art der Subvention: vom warmen Wintermantel, den der Bischof von Passau Walther von der Vogelweide schenkte, bis zum Jubelschrei des mittelhochdeutschen Dichters: »Ich hân mîn lêhen!« Bekanntlich hat Goethe seine ambivalente Stellung am Weimarer Musenhof im Tasso gestaltet, dessen Held ebenso um Liebe wie um die Anerkennung seines Fürsten buhlt,

den er gleichzeitig verachtet und verehrt – ein komplexes Double-bind das bis heute die Beziehungen zwischen Autor und Kritiker, Verleger oder Mäzen bestimmt – ganz zu schweigen von den Launen des Publikums: »Genie und Talent haben zwar das innere Gewisse, stehen aber nach außen äußerst ungewiss«, schreibt Goethe in diesem Zusammenhang: »Sie treffen nicht immer mit den Bedingungen und Bedürfnissen der Zeit zusammen. Sie sind des Beifalls nicht gewiss. Er muss erschlichen oder erbettelt werden.« Die Diskrepanz zwischen Tassos dichterischem Universum und den Zwängen der höfischen Gesellschaft, in der dieser seine Berufung zu verwirklichen versucht, entspricht dem, was Georg Lukács in der Theorie des Romans als Kontrast zwischen Welt und Seele bezeichnet hat. Die Seele des Helden kann breiter oder schmaler sein als die Außenwelt: Daraus entsteht, je nachdem, ein tragischer, ein komischer oder ein tragikomischer Konflikt – das bekannteste Beispiel ist Don Quijote.

Aber statt mich im Labyrinth der Literaturgeschichte zu verlieren, will ich versuchen, das, worum es mir geht, zu exemplifizieren am Beispiel zweier vor kurzem verstorbener Schriftsteller, die dem gleichen Sprachraum, aber unterschiedlichen Generationen entstammten und zwei Dinge gemeinsam hatten: Die Ablehnung des etablierten Literaturbetriebs und den Ort, an dem beide ihr Leben beendeten. Es handelt sich um Parallelbiographien im Sinne Plutarchs, deren Ähnlichkeit so lehrreich ist wie ihre Verschiedenartigkeit.

IN EINER HOHLEN RÜBE

In einer hohlen Rübe will ich wohnen
bei Wurm und Engerling im Wurzelhaus.
Mich ekelt diese Welt. In allen Zonen
mag nicht der Mensch den Menschenbruder schonen,
er schlägt ihn tot und nimmt den Leichnam aus.

Die Wurzel wär' ein friedliches Gemäuer,
das seinem Häusling Bett und Brot verspricht.
Karrt auch der Herbst die Rüben in die Scheuer,
erfüllte sich mein Sinn im Wiederkäuer –
es trüg' der Tod ein mildes Tiergesicht.

Der Mensch jagt Menschenwild und lässt es fronen.
Der Sklavenhändler stellt die Ware aus,
und man verhökert Menschen wie Melonen.
In einer hohlen Rübe will ich wohnen,
bei Wurm und Engerling im Wurzelhaus.

Fritz Grasshoff war Anfang dreißig und hatte sechs Jahre Kriegsdienst hinter sich, als er diese Verse im Mai 1945 zu Papier brachte. Die botanisierende Kraut- und Rübenlyrik von Wilhelm Lehmann und Elisabeth Langgässer – Absage an die Zeitläufte und Rückzug in blumenumrankte Innerlichkeit – hallt hier ebenso nach wie ein an Brecht oder Klabund geschulter Moritatenton, dessen Schnoddrigkeit an Erich Kästner erinnert. Damit ist das literarische Umfeld benannt, nicht aber die desillusionierende Erfahrung, die in das Gedicht eingegangen ist: Der Autor hatte den Zweiten Weltkrieg von Anfang bis Ende mitgemacht und war unversehrt aus Russland zurückgekehrt. Nach eigener Aussage entging er der Gefangennahme, indem er einem Rotarmisten seine Stiefel schenkte und sich auf leisen Socken in die Büsche schlug – hier stimmt die sprichwörtliche Redensart. Was Grasshoff am Leben hielt, war nicht allein der Aberglaube, dass ihm nichts zustoßen könne, sondern der Glaube, dass er zu Höherem berufen sei. Er schnallte sich ein Zeichenbrett vor die Brust und skizzierte anfangs mit Farbstift, später schwarzweiß, was ihm auf dem langen Marsch gen Moskau und auf dem Rückzug nach Berlin vor Augen kam: russische Muschiks, Komsomolzen mit Schirmmützen und Kolchosbäuerinnen mit geblümten Kopftüchern, brennende Gehöfte, erhängte Partisanen, gesprengte Panzer, verendete Pferde und gefrorene Leichen am Wegrand – ein künstlerisches Protokoll des Krieges, das es mit jeder Fotodokumentation aufnehmen und den Vergleich mit Goyas Desastres de la guerra aushalten kann.

Grasshoff war eine Doppelbegabung, ein Malerpoet, der nicht nur Lyrik zum Lesen, sondern singbare Verse gedichtet hat wie Boris Vian und andere seelenverwandte Bohemiens. Kein Wunder, dass Schlagerstars wie Freddy Quinn und Hildegard Knef sich um Texte des Dichters rissen, der Evergreens der fünfziger Jahre schrieb wie NIMM MICH MIT, KAPITÄN AUF DIE REISE und KÄPT'N BYE BYE AUS SCHANGHAI, deren Tantiemen sein wirtschaftliches Überleben sicherten. Die Kehrseite der Medaille war die Missachtung des offiziellen Literaturbetriebs, einschließlich der tonangebenden Gruppe 47, die ihm die kalte Schulter zeigte: Die leichte Muse galt als unseriös, und Grasshoffs 1980 erschienene Autobiographie Der blaue Heinrich, die Schilderung seines künstlerischen Werdegangs vor dem Hintergrund des Zweiten Weltkriegs, wurde von der Kritik genauso ignoriert wie seine Übertragung der Lieder und Episteln des schwedischen Rokokodichters Carl Michael Bellman.

Überflüssig zu sagen, dass Fritz Grasshoff nicht zum fahrenden Volk gehörte, das er in seinen Songs und Gedichten liebevoll porträtiert, kein Herumtreiber oder Halunke war, sondern ein solider Familienvater, der mit Frau und Kind in Celle lebte, bevor er 1958 nach Schweden übersiedelte, wo er sich in einem Einsiedlerhof in Småland niederließ. In diesem Punkt ähnelte er den Schiffskapitänen und Piraten, die er in seinem Seeräuber-Report beschrieb: Es hielt ihn nie lange an ein und demselben Ort, und nach einem Zwischenspiel in Zwingenberg an der Weinstraße, wo ihn der Lärm der Tiefflieger und das Atomkraftwerk

Biblis störten, schnürte er erneut sein Bündel und zog 1983 nach Kanada. Hier, am Ufer des Ottawa-Flusses in der Nähe von Montreal, nutzte er die ihm verbleibende Zeit zur Vollendung seines künstlerischen und literarischen Werks, ohne Kontakt zu Gleichgesinnten oder Freunden und ohne Echo der Außenwelt.

Das Ergebnis ist beachtlich: An den Wänden einer zum Atelier umfunktionierten Garage stapeln sich wie Kirchenfenster gestaltete Gemälde, die ihre Wahlverwandtschaft zu Barlachs Propheten ebenso wenig verleugnen wie zu Clowns von Rouault oder den Harlekins des frühen Picasso. Der Zeichentisch ist mit Grafikblättern überhäuft, und die Schubladen quellen über von unveröffentlichten Manuskripten, darunter kongeniale Übersetzungen griechischer und römischer Lyrik, denn – auch das gehört zu den Widersprüchen seiner Person – hinter der Maske des Ganoven verbarg sich ein gelehrter Gräzist und Kenner antiker Kunst und Literatur. Fritz Grasshoff starb am 9. Februar 1997 in Hudson, Kanada, in selbstgewählter Isolation, die er nur selten unterbrach durch eine Ausstellung seiner Bilder oder der Veröffentlichung des einen oder anderen Gedichts. Trotzdem oder gerade deshalb gilt für ihn der Satz von Camus, dass man sich Sisyphus als glücklichen Menschen vorzustellen habe. Dazu passt die folgende Notiz, mit der er seine Poetik zusammengefasst und sich einen Grabspruch gedichtet hat:

»Ich produzier(t)e Gebrauchsware und Unnützes. Zum Unnützen gehören die Künste. Ihnen gehört meine ganze Liebe. Handel, Kriege, Jägerei, Profit und Geltung zähle ich zum Lebensunfug. Nietzsche meint, die Welt sei nur als ästhetisches Phänomen gültig. Das unterschreibe ich.«

*

Ich habe Fritz Grasshoff nicht persönlich kennengelernt, Lothar Baier aber gut gekannt. Soweit ich weiß, sind beide nie einander begegnet, obwohl sie mehr als nur den Wohnsitz in Kanada gemeinsam hatten. Lothar Baier war in vielfacher Hinsicht das Gegenteil des menschenscheuen Sonderlings Grasshoff, der sich ins Schneckenhaus seiner Kunst zurückzog und die Ansprüche der Außenwelt als Zumutungen von sich wies: Ein urbaner Autor und Kritiker, der die Gesellschaft Gleichgesinnter suchte und lesend, schreibend oder diskutierend in Szenekneipen und linken Cafés anzutreffen war, eine Schachtel Gitanes und ein Glas Rotwein neben sich, zuerst in Frankfurt und später in Montreal, wo er, von intellektueller Unrast getrieben, Fühler und Antennen in alle Richtungen ausstreckte. Anders als Grasshoff, der mühsam Englisch radebrechte, sprach Lothar Baier fließend Französisch und war in einem altmodischen Sinn frankophil, was mich ebenso faszinierte wie irritierte, weil ich in Marseille zur Schule gegangen bin und lange in Haiti gelebt habe, wo man

Französisch und Kreolisch spricht. Trotzdem oder gerade deshalb (zwei Konjunktionen, die inzwischen fast synonym gebraucht werden) bin ich nicht frankophil: Frankreich ist für mich ein gewöhnliches Land, von dem ich nichts Besonderes erwarte (außer der Eleganz seines Lebensstils von der Koch- und Filmkunst bis zur Literatur) und deshalb auch nicht enttäuscht werden kann: Anders als der enttäuschte Liebhaber Lothar Baier, der sich vom Objekt seiner Begierde abwandte, als die Regierung Mitterand nicht das einlöste, was er unter linker Politik verstand. Baier war im Zeichen des Existentialismus groß geworden, seine Säulenheiligen hießen Jean-Paul Sartre und Paul Nizan, und er verstand die Welt nicht mehr, als die Avantgarde des Pariser Mai 1968, Dany Cohn-Bendit, André Glucksmann und andere, sich vom Marxismus lossagten und mit Dissidenten des Ostblocks solidarisierten. Antikommunismus war für ihn eine Todsünde, obwohl er weder der DKP noch einer maoistischen Partei angehört und sich weder mit Moskau und Ostberlin, noch mit Peking oder Pjöngjang identifiziert hatte – dafür war er viel zu klug. Wenn überhaupt irgendwem, stand Baier den Frankfurter Hausbesetzern und Spontis nahe, aus denen später die Grüne Partei hervorging.

Ich weiß noch, wie sich Lothar Baiers Gesicht verfinsterte, als ich ihm gegenüber Sympathie für die Charta 77 und Solidarność, Vaclav Havel und Lech Walesa, Sacharow und Solschenizyn bekundete. Es muss Ende der siebziger Jahre gewesen sein, in seinem Bauernhaus in der Ardèche, dessen aufwendige Restaurierung er in Jahresfrist schildert, seinem einzigen erzählenden Text. Ich weiß noch, wie er auf einen im Dunst des Rhônetals verschwimmenden, fernen Hügel deutete: Dort, erklärte er mir, wohne sein Nachbar, der Baiers Frau beim Nacktbaden durchs Fernrohr observiere und, sobald sie das Haus verließen, Schafe auf sein Grundstück treibe, um frisch gepflanzte Setzlinge abzuweiden. Lothar Baier hatte mit Thymian gewürzte Lammkoteletts gegrillt, so schmackhaft, wie ich sie danach nie wieder vorgesetzt bekam (vielleicht liest er diesen Satz dort, wo er jetzt ist, und freut sich daran), und er sah mich entgeistert an, als ich ihm das in *Libération* abgedruckte Manifest der Charta 77 zu lesen empfahl.

Das war das Ende einer Freundschaft, die drei Jahre zuvor im Zeichen der Anti-Atom-Proteste in Gorleben begonnen hatte. Unsere Wege trennten sich, und in der Folgezeit, während ich im Schriftstellerverband und im PEN gegen Zensur und Unterdrückung im real existierenden Sozialismus protestierte, hat Baier meinen Namen in seinen Essays nur noch sarkastisch erwähnt und mich zusammen mit Peter Schneider und anderen Renegaten unter dem Stichwort »Verrat der Intellektuellen« abgehakt.

So war der Stand der Dinge, als ich im Sommer 2004 von Lothar Baiers Selbstmord erfuhr. In den Jahren zuvor hatten sich unsere Wege nur selten gekreuzt, aber von einem gemeinsamen Freund hatte ich gehört, dass er nach Quebec übergesiedelt war: ein Stück nach Amerika verpflanztes Frankreich, wo sich zusammen mit dem schwerfälligen Akzent der Normandie auch altfranzösische Lebensart erhalten hat. Hier hatte Lothar Baier Wurzeln geschlagen nach einer Gastprofessur an der Universität Montreal, wo er einer Dozentin für Dramaturgie begegnete, mit der er zusammenzog. Er brach die Zelte in Deutschland ab, investierte seine Ersparnisse in ein gemeinsam mit seiner Freundin gekauftes Haus am Stadtrand von Montreal und beantragte die kanadische Staatsbürgerschaft. Ein- oder zweimal pro Jahr flog er nach Europa, um beim *Freitag* in Berlin und bei der *WOZ* in Zürich vorzusprechen, zwei linke Blätter, für die er regelmäßig Beiträge schrieb, besuchte Christoph Hein in dessen Domizil in der Uckermark und begleitete Peter Handke auf einer Lesereise durch Deutschland und Österreich: Obwohl Lothar Baier mit Handkes Romanen nicht viel anfangen konnte, sympathisierte er mit dessen Stellungnahmen zum Bosnien- und zum Kosovo-Krieg.

Ich weiß nicht, warum er sich das Leben genommen hat. Aber während ich auf seinen Spuren durch Montreal lief, von Mitch's Place, wo er früh am Morgen eine Bloody Mary trank, über den koreanischen Imbiss, in dem er gern zu Mittag aß, bis zum Va-et-vient, einem linken Szenecafé, wo er nachmittags Zeitung las, wurde mir manches klar und ich bildete mir ein, das Motiv für seinen Selbstmord nachvollziehen zu können. Im Herbst 2002 hatte seine Lebensgefährtin ihn nach einem nächtlichen Streit vor die Tür gesetzt. Schlimmer als das: Sie hatte die Polizei alarmiert, und unter der Anklage, seine Freundin bedroht und geschlagen zu haben, wurde Lothar Baier in Handschellen abgeführt, ins Gefängnis gesperrt und nur unter Auflagen wieder auf freien Fuß gesetzt. Fortan galt er als vorbestraft, was seine Einbürgerung in Kanada erschwert und verzögert hat. Erst nach einem kostspieligen und zeitraubenden Prozess stellte das Gericht seine Unschuld fest, und er bekam das ins gemeinsame Haus investierte Geld zurück. Damit nicht genug: In die Züricher Redaktion der *WOZ* waren jüngere Journalisten nachgerückt, denen der Name Lothar Baier nichts mehr bedeutete, und außer im *Freitag*, zu dessen Herausgebern Christoph Hein gehörte, hatte Lothar Baier keine publizistische Plattform mehr. Schreiben war für ihn kein Brotberuf, sondern ein Lebenselixier; früher hatten ihm alle Feuilletons und Literaturbeilagen offen gestanden, von der *Frankfurter Rundschau* und *FAZ* bis zur *Süddeutschen Zeitung* und *ZEIT*, und als er seinem Leben ein Ende setzte, war er den sozialen Tod gestorben – das glaubte er jedenfalls.

»Ich bin an einem Punkt angekommen, an dem ich mich außerstande sehe, den permanenten Kampf sowohl gegen die Außenwelt als auch gegen mich selbst durchzustehen, den mein Leben mir abverlangt«, schrieb Lothar Baier in einem an seine Freunde adressierten Brief, der nach dem Tod unter seinen Papieren gefunden wurde. »Es ist nun soweit. Vor mir breitet sich wieder die entsetzliche farblose Wüste aus, die ich seit Anfang der achtziger Jahre wiederholt vor Augen gehabt hatte. Vor anderthalb Jahren habe ich zum ersten Mal wieder gespürt, dass sich unter mir ein Loch auftut und dass der Deckel, der es verschließt, nicht fest sitzt. Was Jean Améry in seinem Buch Hand an sich legen die Erfahrung des Échec nennt, diese Akkumulation von Niederlagen, von Demütigungen und von Versagen, deren Spuren sich irgendwann nicht mehr auslöschen lassen, das hat mich zuerst leise und dann immer massiver heimgesucht. Medikamente erwiesen sich als wirkungslos. Keine Minute vergeht, ohne dass sich der Gedanke daran nicht einstellte. Die Hoffnung, dass sich das eines Tages noch einmal ändern könnte, hat mich verlassen.

Es kommt hinzu, dass man sich in meinem Alter schlecht der Illusion hingeben kann, mit irgendetwas noch einmal neu anfangen zu können. Neben dem physischen gibt es auch das soziale und kulturelle Altwerden, und das scheint sich mir gerade in dem Maß zu beschleunigen, in dem ich Anstrengungen unternehme, den Anschluss nicht zu verlieren und neuen Entwicklungen zu folgen.

Es fallen dann auch die Grenzen umso stärker ins Gewicht, an die ein mäßig begabter Mensch wie ich stößt. Wenn er keine sinnvolle Zukunft für seine Arbeit und sein Leben mehr sieht, dann verlieren seine begrenzten Anstrengungen jeden Sinn. Der Trost, dass man dann eben für die Schublade oder gar für eine Nachwelt schreibt, ist dem mäßig Begabten, der gleichzeitig nicht dumm genug ist, sich und seine Möglichkeiten zu überschätzen, versagt. Kann er mit ihnen in der Gegenwart nichts ausrichten, so kann er gar nichts ausrichten. Was bleibt dann noch übrig? Das einzige Versagen, den einzigen Échec, den ich jetzt noch beseitigen kann, ist das Versagen im Angesicht des herbeigewünschten Endes.«

Ton und Inhalt dieses Briefes erinnern fatal – bis in die Wortwahl hinein – an ein literarisches Vorbild: Hand an sich legen, ein Plädoyer für den Freitod aus der Feder von Jean Améry, der 1978 Selbstmord beging. Nur eines passt nicht ins Bild, die falsche Selbsteinschätzung des Autors, will sagen: Lothar Baiers sträfliche Unterschätzung des eigenen Talents. Denn fast alles, was er geschrieben und zu Lebzeiten veröffentlicht hat, ist bis heute unvermindert aktuell aufgrund seiner logisch stringenten und subtilen Argumentation, die den Leser selbst dann überzeugt, wenn er mit Baiers Schlussfolgerungen nicht einverstanden ist. Was an dem Abschiedsbrief am meisten irritiert, ist sein Datum: Er wurde im Winter 1999 geschrieben, zu einem Zeitpunkt, als Lothar Baier noch mit Ginette Saint-Jacques zusammenlebte und nach Aussagen von Freunden ruhig und ausgeglichen schien. Auch nach der Trennung von Ginette ging es ihm nicht so schlecht, wie zu erwarten war. Er beschloss, in Montreal zu bleiben, unterrichtete an der dortigen Universität und hatte weder über Geldsorgen zu klagen noch über mangelnde Anerkennung – im Gegenteil. Das Land Niedersachsen hatte ihm einen gutdotierten Literaturpreis zuerkannt, und Christoph Hein schickte ihm ein Flugticket zur Feier seines sechzigsten Geburtstags, von dem der Adressat keinen Gebrauch mehr machte. So besehen führt kein Weg an der Erkenntnis vorbei, dass die Depression von innen kam, aus unheilbarem Lebensüberdruss, dem mit Appellen an die Vernunft nicht beizukommen war. Ich erspare mir und allen, die Lothar Baier gekannt haben, die Lektüre seiner letzten Worte, Notrufe in kaum noch lesbarer, durch Alkohol und Tabletten verzerrter Schrift, die er mit zittriger Hand notierte, bevor er am 10. Juli 2004 mit einem Strick sein Leben beendete.

Warum erzähle ich das alles? Weil der Ausstieg aus dem Literaturbetrieb keine realistische Option darstellt, ebenso wenig wie die unkritische Anpassung an diesen. Die große Verweigerung, von der Herbert Marcuse sprach, existiert nur in der Phantasie, denn ein Triumph, den die etablierte Gesellschaft nicht zur Kenntnis nimmt, ist keiner. Was übrig bleibt, sind große und kleine Fluchten, wie Fritz Grasshoff und Lothar Baier sie unternahmen.

Beider Geschichte ist unvollständig: was fehlt, ist mein Besuch in Grasshoffs Atelier am Ottawa-Fluss, wo die Witwe des Dichters bekräftigte, der Ausstieg ihres Mannes aus dem Kunst- und Literaturbetrieb sei richtig gewesen, weil alle Verleger und Galeristen Mafiosi seien – was so nicht stimmt, obwohl es auf einer höheren Ebene doch wieder stimmt. Und mein Versuch, telefonisch Kontakt aufzunehmen mit Ginette Saint-Jacques, die mir unter Tränen gestand, Lothar Baier sei die große Liebe ihres Lebens gewesen.

*

Es gibt einen Generationenkonflikt in der deutschen Literatur, der mit harten Bandagen ausgefochten wird. Das ist nicht neu, und es war zu allen Zeiten so: Lessing konnte mit Werthers Leiden so wenig anfangen wie Goethe mit der Penthesilea von Kleist, und Brecht tönte einmal, er wolle dafür bezahlen, die Romane von Thomas Mann verbieten zu lassen. Neu hingegen ist der ökonomische Hintergrund, vor dem dieser Generationenkonflikt heute stattfindet. Ich meine den besinnungslosen Jugendkult im deutschsprachigen Literaturbetrieb, ein Karussell oder vielmehr ein Glücksrad, das sich immer schneller dreht, während Verlage einander mit Vorschüssen überbieten, obwohl die eingespielten Gewinne rückläufig sind. Dass der Jugendboom in der Literatur wie Seifenschaum implodiert, spricht sich nur zögerlich herum, denn die Euphorie beschädigt die Urteils-

kraft, besonders wenn es sich um telegene Autorinnen handelt, die medial vermarktbar sind.
Die Kehrseite der Medaille ist ein schleichendes Artensterben der Literatur, das sich unbemerkt von der Öffentlichkeit vollzieht. Immer mehr Schriftsteller der mittleren und älteren Generation finden für ihre Manuskripte keinen Abnehmer mehr. Sie geben sich bei Lektoren und Literaturagenten die Türklinken in die Hand, pendeln von einem Kleinverlag zum nächsten oder halten sich mit Stipendien aus dem Sozialfonds der Verwertungsgesellschaft Wort oder der Künstlerhilfe des Bundespräsidialamts über Wasser. Dabei handelt es sich nicht um Nobodys oder Eintagsfliegen, die irgendwann ein Buch veröffentlicht haben, sondern um namhafte Autoren, deren Liste ein WHO'S WHO der Gegenwartsliteratur ergibt. Ich darf und will keine Namen nennen, weil die bloße Erwähnung den Abwärtstrend noch verstärkt, aber es ist auffällig, dass es durchweg Autoren der 1968er-Generation sind, die als Modernisierungsverlierer zu Dauerarbeitslosen werden.
»Ihre Generation ist auf dem Markt nicht mehr vermittelbar«, sagte mir eine Literaturagentin, die zu den erfolgreichsten Vertreterinnen ihres Berufsstands gehört, mit entwaffnender Brutalität. Dass der Literaturbetrieb über Leichen geht – buchstäblich und nicht im übertragenen Sinn, zeigt der Selbstmord des österreichischen Erzählers Franz Innerhofer, der am 22. Januar 2002 tot in seiner Grazer

Wohnung aufgefunden wurde. Wie lange er dort gelegen hatte, weiß niemand, weil sich der genaue Zeitpunkt seines Todes nicht mehr rekonstruieren ließ. Personaldokumente, Meldezettel und Pass hatte Innerhofer auf den Schreibtisch gelegt, einen Abschiedsbrief, der Einblick in das Motiv des Suizids hätte geben können, hinterließ er nicht.
Damit nicht alles falsch wird, mache ich an dieser Stelle eine Einschränkung. Die Lebensschicksale von Schriftstellern sind nicht verallgemeinerbar: Niemand begeht Selbstmord nur darum, weil ein Verlag ihm die kalte Schulter zeigt oder die Kritik ihn mit übler Nachrede verfolgt. Die Motivation zu diesem letzten, nicht mehr revidierbaren Schritt ist verwickelt und voller Widersprüche, und es gibt ebenso viele Gründe für literarisches Scheitern wie für öffentliche Anerkennung und Erfolg. Der Wiener Autor Konrad Bayer nahm sich das Leben auf dem Höhepunkt seines Ruhms, als seine Freundin ihn verließ, und Franz Innerhofer hatte sich in eine Sackgasse manövriert, lange bevor er an Suizid dachte. Nach dem Erfolg der autobiographischen Trilogie über seine Kindheit und Jugend in Tirol verfiel er in eine Depression. Innerhofer hatte alles gesagt, was zu sagen war, und suchte vergeblich nach dem archimedischen Punkt, um neue Geschichten zu erfinden und so zu erzählen, dass mehr dabei herauskam als die Wiederholung dessen, was er bereits geschrieben hatte. Writer's Block heißt das Modewort dafür, und

wenn die Schreibkrise zusammenfällt mit einer durch Eheprobleme, Tabletten- und Alkoholmissbrauch verursachten Depression, öffnet sich ein Loch, das den Autor mitsamt seinem Werk verschlingt.
Das ist normal, weil es gleichsam naturgegeben ist. Nicht normal ist, dass der Literaturbetrieb den sozialdarwinistischen Trend noch verstärkt und Autoren, deren Bücher schwer verkäuflich sind, schon zu Lebzeiten auf den Müllhaufen der Geschichte befördert. Die Wiederentdeckung des Werks und die Rehabilitierung des Autors kommen in der Regel zu spät, denn inzwischen hat der Schriftsteller sich in einen Bittsteller verwandelt, und von der nach unten offenen Richterskala sozialen Abstiegs führt kein Weg zurück – einmal ohne Verlag, immer ohne Verlag.
Dass das Dilemma nicht erst von heute datiert, zeigt das Beispiel eines von Brecht verehrten genialen Komikers, dessen Manuskripte ein Redakteur des Bayrischen Rundfunks mit dem Vermerk versah: Empfang bestätigen und gleichzeitig ablehnen. Die Rede ist von Karl Valentin, der mittellos und vergessen im Februar 1948 in München starb: »Papa kam überraschend schnell zurück, und sein Gesichtsausdruck verriet uns alles. ›Nix war's. I bin nimmer komisch – ham's g'sagt.‹ Dann ging er, verlegen lächelnd, in seine Werkstatt zum Scherenschleifen.«
»125 Valentin-Platten lagen damals, zur Tatzeit – denn dies ist der Bericht über eine Ermordung – im Archiv des Funkhauses«, schrieb Rolf Hochhuth schon vor

Jahren in einem zornigen Kommentar. »Doch keine war gut, war komisch genug, um noch den Ansprüchen der Funktionäre zu genügen, deren jeder heute mindestens 2500 DM Monatspension des Funks in seinem als Redakteur verdienten Häuschen am Rande Münchens verzehren kann ...«

Dem ist nichts hinzuzufügen – außer dass die Altersbezüge verbeamteter Redakteure sich seither verdreifacht haben. Vermutlich hatte dieser nicht einmal aus Bosheit gehandelt und sich bei der Ablehnung von Karl Valentins Manuskripten überhaupt nichts gedacht. Er hat sich einfach nur dem Zeitgeist angepasst, der Autoren, die keine Bestseller schreiben und ein gewisses Alter erreichen, die Rote Karte zeigt – es sei denn, sie tragen den Nobelpreis am Revers.

»Jeder Greis ist eine lebende Bibliothek«, sagt ein afrikanisches Sprichwort, und eine Gesellschaft, die ihr kulturelles Gedächtnis in der Biomülltonne entsorgt, leidet an Alzheimer. Verlage und Literaturinstitutionen haben die Verpflichtung, Schriftstellern, die am Rand des Abgrunds stehen, eine helfende Hand zu reichen – nicht aus sozialem Mitleid oder christlicher Nächstenliebe, sondern um ihr Werk der Nachwelt zu überliefern. Stattdessen gibt jeder Vorübergehende dem Gestrauchelten einen Tritt, wie dies mit Fritz-Rudolf Fries geschah, der wegen seiner Stasi-Kontakte ausgegrenzt und öffentlich abgestraft wurde. Inter Nationes strich ihm die Übersetzungsförderung, und der Hörspielpreis der Kriegsblinden wurde ihm nur deshalb nicht aberkannt, weil das juristisch nicht möglich war. Um nach Spanien und Lateinamerika reisen zu dürfen – für einen Übersetzer unverzichtbar –, hatte Fries die von ihm erbetenen Berichte geliefert. Aber anders als der professionelle Spitzel Sascha Anderson hatte er niemandem geschadet und keinen seiner Freunde denunziert; ich weiß, wovon ich rede, denn ich gehöre zu denen, die Fries angeblich der Stasi ans Messer geliefert hat.

*

Kaum ein Begriff ist so diffus wie der Terminus Generation als gemeinsamer Nenner einer Gruppe von Individuen, und zu jedem für repräsentativ erklärten Fall lassen sich Gegenbeispiele anführen. Trotzdem gab und gibt es so etwas wie einen kollektiven Erfahrungshorizont. *Tua res agitur*: Schon vor 1968 war ich »politisiert«, wie das Unwort lautete, und habe die Irrtümer und Illusionen der Studentenrevolte geteilt, ohne einer leninistischen Partei oder maoistischen Sekte beizutreten; auch die Kommune 1 oder die RAF zogen mich nicht an, obwohl ich viele Vordenker der Bewegung persönlich kannte. Aber ich war nicht bereit, Beckett oder Kafka über Bord zu werfen zugunsten von Günter Wallraff, und die Liebe zur Literatur hat mich vor schlimmeren Verstrickungen bewahrt. Damals wurde die parlamentarische Demokratie unter Faschismusverdacht gestellt, aber

dass die Intoleranz der Achtundsechziger auf faschistoiden Denk- und Verhaltensmustern beruhte, wurde erst klar, als der Amoklauf der RAF in eine Gewaltorgie mündete, die nicht mehr zwischen Freund und Feind unterschied: Der Schlussakt in Mogadischu und Stammheim beschwor das Finale im Führerbunker sowie Wagners Götterdämmerung herauf.
Das bedeutet nicht, dass alles nur falsch gewesen ist. Obwohl die Berufung auf Befreiungskämpfe in der Dritten Welt fragwürdig war, hat die Studentenrevolte das Alltagsverhalten der Deutschen in Schule, Universität, Beruf und Familie positiv beeinflusst, und die Proteste gegen Griechenlands Militärjunta, Portugals Kolonialregime und Pinochets Putsch waren richtig und notwendig.
Das Nein zur Niederwalzung des Prager Frühlings klang weniger entschieden: Mit Dubčeks Reformkommunismus tat die APO sich schwer, und viel zu spät begriff ich, dass die Demokratisierung Mitteleuropas mir näherlag als die chinesische Kulturrevolution. Ausschlaggebend für den Sinneswandel war nicht der Meinungsstreit unter Linkssektierern mit ihrer dogmatischen Rechthaberei, sondern Gespräche am Küchentisch bei Lew Kopelew in Moskau oder Wolf Biermann in Ostberlin. Informelle Treffen mit Günter Grass, Hans Joachim Schädlich, Sarah Kirsch, Jurek Becker und anderen DDR-Autoren, die wir, von der Stasi beschattet, in Privatwohnungen trafen, konfrontierten mich mit der Tristesse des ost-

deutschen Obrigkeitsstaats, wie überhaupt der Augenschein vor Ort die beste Medizin gegen politische Wolkenkuckucksheime war.

Nichts ist so langweilig wie politische Vernunft, während der Verdacht des Extremismus einen Hautgoût erzeugt, bei dessen Witterung den Medien das Wasser im Munde zusammenläuft, egal ob der Autor den demokratischen Konsens von links oder von rechts außen in Frage stellt: Martin Walsers Kokettieren mit antijüdischen Ressentiments und Peter Handkes Hasstiraden gegen die Nato-Intervention in Jugoslawien sind ebenso Belege dafür wie die Chuzpe von Sascha Anderson, der sich vom Täter zum Opfer der Stasi stilisierte.

Sich zur politischen Vernunft zu bekennen heißt nicht, niemals über die Stränge zu schlagen, aber umgekehrt wird ein Schuh daraus: Die spontane Revolte ist ein Bürgerrecht, denn Staat und Regierung sind und bleiben Menschenwerk, das kritik- und verbesserungswürdig ist. Wer nie gegen Eltern, Lehrer oder Vorgesetzte rebelliert und angemaßte Autoritäten nie in Frage gestellt hat, kann die Demokratie nicht glaubhaft verteidigen, und wer keine Lehren zieht aus seinen Fehlern, lernt auch sonst nichts dazu. Hierfür ein Beispiel.

Vor ein paar Jahren nahm ich an einem Treffen in Telgte teil, bekannt geworden durch die gleichnamige Novelle von Günter Grass, mit der thematischen Vorgabe: Der 11. September 2001 und die Folgen für die

Literatur. Unter den angereisten Autoren der mittleren und jüngeren Generation gab es einen merkwürdigen Konsens, den einer von ihnen so beschrieb: »Immerhin trieben nur noch selten Leichen Richtung Wehr. Die Toten nämlich waren, wie nahezu einvernehmlich zu hören, eher mediales Ereignis als dass sie die neunzig Fischarten, die unterdessen das Flüsschen wieder beleben, hätten nähren können.«

Über Humor lässt sich streiten, aber aus dem barocken Kauderwelsch des Verfassers in verständliches Deutsch übersetzt, bedeutet dies, dass der Terrorangriff auf die Twin Towers von Manhattan eine Medieninszenierung zur Irreführung der Öffentlichkeit war, ein virtuelles Nullsummenspiel. Nach Ansicht der in Telgte versammelten Schriftsteller waren die Opfer des Anschlags selber schuld, denn Amerika, der Liberalismus, die Globalisierung oder was auch immer habe die Attentäter, deren tiefe Religiosität uns Westlern unverständlich sei, zu dieser Reaktion provoziert.

Als ich darauf verwies, dass es sich nicht um ein Videospiel handele, sondern um gezielten Massenmord, und dass die Literaten Kritikern wie Henryk M. Broder Stilblüten des Antiamerikanismus lieferten, erntete ich Hohngelächter und Spott. Niemand wollte etwas hören von meiner Arbeit als Reporter in Kriegs- und Krisengebieten, denn das war falsche Unmittelbarkeit, oder – schlimmer noch – Journalismus, während Autoren, deren Realitätserfahrung sich aufs Zappen im Fernsehen beschränkte, sich einbildeten, näher dran zu sein am Puls der Zeit. Schriftsteller, die im Plural auftreten, sind sie nicht unbedingt klüger als jeder einzelne, und ich musste daran denken, wie oft ich einem fragwürdigen Konsens widersprochen hatte und dafür ausgebuht worden war. 1968, als ich Einspruch erhob gegen die Vereinnahmung der Literatur durch die Politik, und zehn Jahre später, als die falsche Alternative Dokumentarliteratur oder Betroffenheitskitsch zur Debatte stand. In der Friedensbewegung der achtziger Jahre war Kritik an sowjetischen SS-20-Raketen tabu, weil das Böse sich angeblich nur in Pershings und Cruise Missiles inkarnierte; und als ich gegen Unterdrückung und Zensur in der DDR protestierte, wurde ich im Schriftstellerverband und im PEN als Antikommunist an den Pranger gestellt. Dabei hatte Heinrich Böll das Scheinargument des Beifalls von der falschen Seite schon damals widerlegt mit der Gegenfrage, wer denn je Beifall von der richtigen Seite bekommen habe? Das war 1984, auf dem VS-Kongress in Saarbrücken, wo die Mehrheit der Delegierten nicht bereit war, mit Mitgliedern des Solidarność nahestehenden polnischen Schriftstellerverbands zu sprechen, den die Militärjunta aufgelöst hatte. So besehen glich das Treffen in Telgte einem Déjà-vu: Keiner der dort versammelten Autoren richtete eine Frage oder auch nur ein Wort an die Gäste aus Ex-Jugoslawien, Bora Ćosić und Dragan Velikić, die ihnen hätten erklären können, wie eine bis dahin friedliche Gesellschaft aus dem Ruder laufen und in Gewalt und Terror abgleiten kann – eine Arroganz, die mich noch mehr erschreckte als die dahinterstehende Ignoranz.

P. S.
Meine Erinnerungen an den Literaturbetrieb wären unvollständig ohne mein Gastspiel in Qingdao, Hauptstadt der Provinz Shandong, die unter deutscher Ägide Schantung bzw. Tsingtau hieß. Seit 1903 wird hier nach bayerischem Reinheitsgebot von 1516 Bier gebraut, das wegen des Felsquellwassers besonders wohlschmeckend ist – böse Zungen behaupten, Wilhelm II. habe Tsingtau zum Wasserschutzgebiet erklärt, um von hier aus den chinesischen Biermarkt zu erobern. Auch Mao Tse-tung trank gern Tsingtao-Bier und verbrachte die Sommermonate in der ehemaligen Residenz des deutschen Gouverneurs, einer Jugendstilvilla, wo Kambodschas König Sihanouk vorübergehend logierte. Während der Kulturrevolution verbot Mao Streiks und Demonstrationen, um die Qualität des Tsingtao-Biers nicht durch soziale Unruhen zu gefährden, weil alle Parteien – von den Roten Garden bis zu Machthabern, die den kapitalistischen Weg gingen, Bier soffen, um fit zu sein für den politischen Kampf. Trotzdem wurde 1968 im Foreign Correspondents' Club zu Hongkong in einer Flasche Tsingtao-Bier eine Spülbürste entdeckt, die

Chinas guten Ruf als Exportnation gefährdete. In dem anschließenden Schauprozess wurden Techniker und Ingenieure, einschließlich des Brauereichefs, als Schädlinge entlarvt und durch parteitreue Kader ersetzt, was weiteren Qualitätsverfall nach sich zog. Heute beherbergt der von Berliner Architekten errichtete Backsteinbau ein Museum zur Erinnerung an die deutsche Kolonialzeit, die, anders als die japanische Besatzung, positiv gesehen wird, weil alles, was Deutschland in Qingdao hinterließ, nach wie vor einwandfrei funktioniert: Wasser- und Stromleitungen, Schulen, Kirchen und Hospitäler, Post, Telefon und Telegraf. Nach dem Rundgang durch das Museum servieren Chinesinnen in Dirndl-Kleidern frisch gezapftes Tsingtao-Bier, das die Besucher nach Hause tragen in Plastikbeuteln, die aussehen, als wären sie mit Urin gefüllt.

Die Fremdsprachenfakultät der Universität in Qingdao hatte mich eingeladen, deutsche Literatur zu unterrichten, und mich aus Alters- oder Prestigegründen zum Ehrenvorsitzenden des Oktoberfests ernannt, das heutzutage nicht nur auf der Wiesn in München, sondern weltweit gefeiert und wegen der zeitlichen Nähe öfter mit dem Nationalfeiertag am 3. Oktober verwechselt wird. Vielleicht war das der Grund, warum ein hochrangiger Funktionär aus Peking zur Eröffnung des von der Lufthansa gesponserten Fests eine markige Rede hielt und die deutschchinesische Freundschaft hochleben ließ: DÉGUÓ ZHŌNGGUÓ YŎUÌ WÀN SUÌ! Meine Aufgabe bestand darin, einen Holzhammer zu schwingen und O'ZAPFT IS! zu rufen, während der Funktionär, der statt des Mao-Anzugs einen Maßanzug trug, mir auf Chinesisch zuprostete: GĀNBĒI! Auf dieses Kommando hin ist man verpflichtet, sein Glas zu leeren, auch wenn es sich dabei um einen Maßkrug handelt, und als das geschehen war, öffnete ich den obersten Kragenknopf, während der Funktionär seine Krawatte lockerte und mich bat, das Wort Prosit in allen mir bekannten Sprachen aufzusagen: Chinchin, cheers, à votre santé, salute, salud, saúde, skål, gesonhed, na zdrave, na zdorovje, mazel tov.

Nachdem ich meine Sprachkenntnisse unter Beweis gestellt hatte, ging das Gespräch zu ernsteren Themen über, und der Pekingmensch wollte wissen, wie hoch die Auflage meiner Bücher sei und wie viel Geld ich im Monat oder pro Jahr verdiene.

Die Frage überraschte mich nicht, denn der Sozialismus chinesischer Prägung ist ein Turbokapitalismus, der über Leichen geht wie in der Frühzeit der Industrialisierung, als die ursprüngliche Akkumulation des Kapitals die Reichen noch reicher und die Armen ärmer machte. Ich sei kein Erfolgsautor, der kommerzielle Bestseller schreibt, erklärte ich sinngemäß: Im Lauf der Jahre hätte ich an die fünfzig Bücher publiziert, Romane, Erzählungen und Essays. Zwar könne ich vom Schreiben leben, doch die Auflagen meiner Werke seien bescheiden, die damit erzielten Einkünfte nicht der Rede wert. »Geld ist nicht alles«, fuhr ich fort: »Ich bin ein freier Schriftsteller, dem kein Staat und keine Regierung, aber auch keine Privatperson vorschreibt, was er sagen und schreiben oder was er nicht schreiben und nicht sagen darf. Diese Freiheit ist ein kostbares Gut, und ich möchte sie gegen nichts eintauschen, selbst wenn man mir eine Million Yuan dafür bietet.« In Europa würden Autoren, die nicht auf Verkaufsziffern schielen und keine Konzessionen an den Publikumsgeschmack machen, trotzdem oder gerade deshalb respektiert. »Es sei wie es wolle, es war doch so schön«, mit diesem Vers aus Goethes Gedicht Der Türmer, den die Germanistikprofessorin Dr. Xi vergeblich zu übersetzen versuchte, endete mein extemporiertes Kolleg.

»Das ist ein sehr moderner Gedanke, und wir lieben alles Moderne«, sagte der ranghohe Funktionär und tupfte sich mit der Serviette den Schweiß von der Stirn. Ich verkniff mir die auf der Zunge liegende Bemerkung, dass im alten China auch die Kaiser Gedichte schrieben und zu taoistischen Einsiedlern pilgerten, um Rat zu suchen für ihre Regierungsgeschäfte. Mao nannte sich selbst einen Bettelmönch, der mit löchrigem Schirm durch den Regen spaziert. Doch statt dem Funktionär zu widersprechen, wiederholte ich meine Gedanken, die er Wort für Wort mitschrieb, um sie, wie er sagte, dem Politbüro in Peking zu übermitteln. Oder war es das Zentralkomitee?

NACHMITTAG EINES NOBELPREISTRÄGERS

Der 4. Juni 1992 gehört zu den heißesten Tagen des Jahres. In Hamburger Zeitungen wird vor dem Sonnenbaden gewarnt, und die ankommenden Passagiere, die am Flughafen Fuhlsbüttel vor dem Taxistand Schlange stehen, japsen nach Luft wie Fische auf dem Trockenen. Nach dem Einchecken ins Hotel ziehe ich mir das nassgeschwitzte Hemd vom Leib und stelle die kalte Dusche an, als das Telefon klingelt. »Hier spricht der örtliche Resident des KGB«, sagt eine Stimme auf Englisch mit slawischem Akzent. »Wir erwarten Sie in zehn Minuten in der Hotelhalle. Folgen Sie uns unauffällig.«
Es ist Joseph Brodsky, der in New York lebende russische Dichter und Literaturnobelpreisträger. Zwanzig Jahre zuvor, im Mai 1972, hatte ich ihn in seiner Heimatstadt Petersburg, die damals noch Leningrad hieß, vergeblich zu treffen versucht. Zuerst hieß es, er sei krank. Dann behaupteten die Funktionäre des Schriftstellerverbands, ein Literat namens Brodsky sei ihnen nicht bekannt; es handle sich nicht um einen Dichter, sondern um einen Rowdy und Hooligan, der als asoziales Element von einem sowjetischen Gericht zu Zwangsarbeit und Verbannung verurteilt

worden sei. Nach Protesten aus dem In- und Ausland wurde Joseph Brodsky begnadigt und in den Westen abgeschoben. Sieben Jahre später, im Sommer 1979, sind wir uns beim Kongress des internationalen PEN in Rio de Janeiro erstmals begegnet. Kurz davor hatte man ihm am Strand von Copacabana Kleider, Pass und Travellerschecks gestohlen; nur Kleingeld für ein Busticket ließen die höflichen Diebe zurück.

»Heute ist ein besonderer Tag«, sagt Joseph Brodsky, während wir im Schatten überhängender Äste am Alsterufer entlangspazieren. »Am 4. Juni ist es auf den Tag genau zwanzig Jahre her, dass man mich aus Russland ausgebürgert hat. Aus der Sicht des KGB war es eine richtige Entscheidung. Sie haben sich nicht in mir geirrt.« Brodsky trägt dasselbe zerknitterte Jackett wie bei unserer letzten Begegnung in New York, helle Leinenhosen und braune Budapester Schuhe. Wie ein Nobelpreisträger sieht er nicht aus, eher wie ein Börsenmakler oder Buchmacher, der Tipps für Pferdewetten entgegennimmt. Der Blick der wasserhellen Augen strahlt eine wache Intelligenz aus. Das Gesicht mit den Sommersprossen wirkt keine Spur gealtert, aber er ist kurzatmig und müde geworden; kein Wunder nach einer viertägigen Lese- und Vortragsreise mit Bahnfahrt zweiter Klasse von München über Frankfurt und Köln nach Hamburg, wo ich ihn am Abend im Literaturhaus vorstellen soll. Ich frage ihn, ob und wie der Nobelpreis sein Leben verändert hat.

»Ich habe jetzt mehr Feinde als zuvor. Manche meiner früheren Freunde sind zu Gegnern geworden – aus Neid, vermute ich. Aber ich kann damit leben. Der Nobelpreis hebt das Selbstbewusstsein.« Ob er in letzter Zeit in Russland war oder vorhat, dorthin zurückzukehren? Vorläufig nicht, obwohl der Bürgermeister von Petersburg, Anatolij Sobtschak, ihm eine Wohnung angeboten hat. Aber er hat Angst vor der Rückkehr, und die Menschen in Russland, Freunde wie Feinde, haben Angst vor ihm. Warum alte Wunden aufreißen? Er weiß nicht, ob er die Heimkehr überleben würde. Zu widersprüchlich sind die Gefühle, zu schmerzhaft die Erinnerungen.

»Denk an Rio, Vorsicht!«, sagt Brodsky mit Blick auf meine Jacke, die ich an eine Astgabel hänge, während er, auf der Uferböschung sitzend, den Schwänen nachschaut, die mit hochgereckten Hälsen das mit Entengrütze gesprenkelte Wasser durchfurchen. Eine Horde von Autogrammjägern läuft ihm über den kurzgeschorenen Rasen entgegen und bedrängt Brodsky mit gezückten Notizblöcken und Programmheften. Er erklärt, dass er nur Bücher signiert, keine Handzettel. »Aber Sie sind doch Nobelpreisträger!« – »Ich bin Schriftsteller, kein Film- oder Fernsehstar.« Wir bahnen uns einen Weg durch die Menge, geblendet vom Blitzlichtgewitter der Pressefotografen. Der Saal des Literaturhauses ist bis zum letzten Platz besetzt. Obwohl Fenster und Türen offenstehen, ist es unerträglich heiß, die Luft zum Schneiden dick. Das

Publikum ist in Schweiß gebadet. Brodsky rettet sich in die angrenzende Bar und bestellt einen doppelten Whiskey, ohne Eis. Obwohl die Ärzte ihm das Rauchen strikt verboten haben – er hat schon die zweite Bypass-Operation hinter sich –, zündet er sich eine Zigarette an. Nach dem ersten Zug löst er den Filter aus dem Papier und steckt ihn hinterher wieder lose hinein, als habe er Teer und Nikotin so fester im Griff. Er sieht blass und mitgenommen aus, Schweiß steht ihm auf der Stirn, sein Atem geht stoßweise. Fünf Minuten später, auf dem Podium, ist er wie umgewandelt, souverän und selbstsicher. Es ist, als habe eine überpersönliche Macht von ihm Besitz ergriffen – die Muse der Dichtkunst, an deren leibhaftige Existenz er glaubt. Brodskys Gedichte sind der lebende Beweis. Er liest sie nicht vom Blatt, er rezitiert und deklamiert seine Verse – manchmal singt er sie auch. Brodsky trägt seine auf Russisch geschriebenen Gedichte nicht in der Aktentasche oder auf Disketten mit sich herum, sondern hat sie im Kopf oder vielmehr im Herzen gespeichert – BY HEART ist das richtige Wort dafür. Das war und ist mehr als nur eine Vorsichtsmaßregel zum Unterlaufen der Zensur – bei seiner Ausreise im Juni 1972 durfte er kein einziges Manuskript mitnehmen, und im Archiv des KGB lagern Berge beschlagnahmter Literatur. Dahinter stand und steht ein poetisches Selbstverständnis, das den Dichter nicht unter oder neben die Machthaber des Staates stellt, sondern haushoch über sie: ein Sendungsbewusstsein, wie es der deutschen Lyrik nach Rilke abhandengekommen ist. Schuld daran, meint Brodsky, seien Autoren wie Majakowski oder Brecht, die er nicht mag, weil sie die Poesie der Politik unterordneten und sich von der Kommunistischen Partei vereinnahmen ließen – die Todsünde der linken Intelligenz. Brodskys Gewährsleute hingegen waren und sind der auf Stalins Geheiß ermordete Lyriker Ossip Mandelstam und die große alte Dame der russischen Literatur, Anna Achmatowa, die den jungen Dichter unter ihre Fittiche nahm.

Brodsky, der in seiner Heimat nicht studieren durfte, aber seit seiner Übersiedlung in die USA an renommierten Universitäten der Ostküste lehrt, ist ein Autodidakt; in jungen Jahren brachte er sich selbst Englisch und Polnisch bei, um Shakespeare und Mickiewicz im Original lesen zu können. Seine Gedichte enthalten literarische Anspielungen und Querverweise auf griechische und lateinische Klassiker, chinesische Lyriker der Tang-Dynastie und die metaphysischen Dichter Englands, mit denen er sich selbstbewusst auf eine Stufe stellt. Brodskys Ziel war von Anfang an nicht die Zertrümmerung der Form wie in der westlichen Avantgarde, sondern die Wiederherstellung des Reichtums der überlieferten Kunst und Literatur im klassischen Sinn. Das war zugleich eine Kampfansage gegen den totalitären Staat, dessen lähmendem Zugriff sich die russischen Dichter

seiner Generation zu entziehen versuchten – nicht durch politischen Protest, sondern durch ästhetische Verweigerung. Ortsnamen wie Leningrad oder Sowjetunion kommen in Brodskys Gedichten nicht vor – der Diskurs der Macht bleibt aus seinem Werk verbannt. Als er 1963 vor Gericht stand und gefragt wurde, wer ihn befugt habe, sich als Dichter zu bezeichnen, obwohl er kein Mitglied des Schriftstellerverbands sei, erwiderte er mit leiser Stimme: GOTT. Aber als jemand aus dem Publikum nach seiner Lesung in Hamburg wissen will, ob er an Gott glaube, antwortet Brodsky, er sei kein religiöser Mensch, doch habe er sozusagen von Berufs wegen mit Gott zu tun: »Ein Dichter weiß mehr über das höchste Wesen als die Kirche oder der Papst.«
Brodskys späte Gedichte sind melancholisch verschattet, sie handeln von der Zeit, und zwar in einem doppelten Sinn: als Symbol des unendlichen Raums, den der Autor wie ein Astronom anpeilt, und als Erfahrung der Endlichkeit des Lebens, die sich im Verfall des Körpers zeigt. Obwohl Brodsky, Jahrgang 1940, nach Albert Camus zu den jüngsten Nobelpreisträgern gehört, ist er überzeugt, dass er den Anbruch des nächsten Jahrtausends nicht mehr erleben wird, wie er in seinem Gedicht Fin de siècle schreibt:

Bald endet das Jahrhundert, doch vorher ende ich.
Eine Vorahnung ist das, fürchte ich, nicht,
vielmehr Wirkung des Nicht-

seins auf das Sein; ob Ziegel in freiem Fall
oder Herzmuskel – gejagt ist all
und jeder. Peitschenknall

hören wir, suchen uns grübelnd zu erinnern, wer
uns geliebt hat, setzen uns zappelnd zur Wehr.
Die Welt ist nicht mehr,

was sie war in den Jahren von Angst, Schummerlicht, Foxtrott,
Chaiselongue, Unterkleid und beißendem Spott.
Wer hätte gedacht, ach Gott,

dies alles würde gleich Bleistiftmühen ausradiert von der Zeit,
einfach so. Niemand, kein Mensch weit und breit.
Doch die Zeit tat das, was sie seit

altersher tut, sie rauschte vorbei.

(Aus dem Russischen von Sylvia List)

»Ich bin ein guter Dichter, aber ein schlechter Russe, ein schlechter Amerikaner und ein schlechter Jude«, sagt Joseph Brodsky, der aus einer russisch-jüdischen Familie stammt und amerikanischer Staatsbürger ist, als wir später in einem Fischrestaurant in Övelgönne zusammensitzen. »Mein Vater würde sich im Grabe umdrehen, wenn er sehen könnte, wo ich mich herumtreibe«, fügt er mit Blick auf die Elbe hinzu, auf der ein Lastkahn vorbeituckert. Er mag Hamburg, weil ihn die Stadt an Petersburg erinnert, aber Deutschland ist ihm unheimlich. Brodskys Vater war Marineoffizier; sein Schiff wurde im Schwarzen Meer von deutschen Kampffliegern versenkt; er trieb stundenlang im Wasser, bevor er von russischen Matrosen aufgefischt und gerettet wurde. Joseph Brodsky bewundert den Wohlstand und die Tüchtigkeit der Deutschen: er fährt einen alten Mercedes, isst gern Wiener Schnitzel und verehrt Franz Beckenbauer – in seiner Jugend war er selbst Fußballer. Aber die Erinnerung an den Zweiten Weltkrieg lässt ihn nicht los: »Soll das alles gewesen sein?«, fragt er beim Anblick gepflegter Vorgärten, in denen der Flieder blüht, und denkt dabei an das von deutschen Truppen belagerte Leningrad, aus dem seine Mutter mit einem der letzten Transporte evakuiert wurde. Als Jüdin war sie nicht nur von den Mordkommandos der SS und den Einsatzgruppen der Wehrmacht bedroht, sondern auch vom Terror Stalins, der sich vornehmlich gegen jüdische Intellektuelle richtete. Noch Anfang der fünfziger Jahre, kurz vor seinem Tod, ließ der Diktator jiddische Dichter und jüdische Ärzte ermorden, die den Holocaust der Nazis mit knapper Not überlebt hatten.

Trotzdem weinte Brodskys Mutter, als Stalin am 5. März 1953 starb. Auch sein Vater hatte Tränen in den Augen, doch er blinzelte seinem Sohn vielsagend zu, als dieser vorzeitig aus der Schule nach Hause kam. Während die Bevölkerung an Stalins einbalsamierter Leiche vorbeidefilierte, die im Moskauer Gewerkschaftshaus aufgebahrt lag, entstand eine Panik unter den Trauergästen. Hunderte von Menschen wurden zu Tode getrampelt, und statt des erhofften Tauwetters kam eine neue Eiszeit, die mit Unterbrechungen bis zum Amtsantritt Gorbatschows dauerte.

Ich frage Brodsky, wie er die gegenwärtige Situation einschätzt. Er ist nicht traurig über den Zerfall des Imperiums und weint der Sowjetunion keine Träne nach; die Entkolonialisierung bleibe auch der östlichen Supermacht nicht erspart. Brodsky hat Bedenken gegen Großstaaten, deren räumliche Ausdehnung und Bevölkerungszahl jedes vernünftige Maß überschreiten. Wie soll ein Parlament funktionieren, das Tausende von Mitgliedern hat? Das gelte für Russland und China ebenso wie für die Europäische Gemeinschaft. Er äußert Verständnis für das Votum der Dänen gegen den Maastricht-Vertrag, doch das Unabhängigkeitsstreben der Völker Jugoslawiens und der früheren Sowjetunion weckt gemischte Gefühle bei ihm. Die Sympathie endet dort, wo das Recht auf Selbstbestimmung umschlägt in nationalen Chauvinismus wie auf dem Balkan oder im Kaukasus. Appelle an die Vernunft nützten nichts, meint Brodsky: Nur ein Eingriff von dritter Seite könnte das Blutvergießen beenden; angesichts der Bedrohung von außen würden die streitenden Parteien das Kriegsbeil begraben. »Wir leben im Zeitalter der Kreuzzüge.

Kuweit war nur das Vorspiel. Aber Saddam Hussein ist nicht Sultan Saladin, George Bush ist nicht Richard Löwenherz, Boris Jelzin ist nur Johann Ohneland, und ein neuer König Artus ist nicht in Sicht.« Die Probleme der Nachfolgestaaten der Sowjetunion seien nicht politischer und ökonomischer Natur – sie seien geistiger Art: die Folge von siebzig Jahren totalitärer Tyrannei, die jede Privatinitiative unterdrückt und die Menschen moralisch korrumpiert habe. »Zur Überwindung der Krise braucht Russland nicht mehr Geld, sondern die Rückbesinnung auf ein ethisches und ästhetisches Ideal, das in den Werken seiner Künstler und Dichter überwintert hat.«

Anhang: OFFENER BRIEF

»Monsieur le président
je vous écris une lettre
que vous lirez peut-être
si vous avez le temps …«

Boris Vian: Le déserteur

Bangui, August 2017

Sehr geehrter Herr Bundespräsident,

seit ich Sie in Ihrer Funktion als Außenminister im Herbst 2016 nach Nigeria begleiten durfte, wo ich Ihre Kunst des Zuhörens kennen und schätzen lernte, hat die Bundeskanzlerin Afrika zur Chefsache erklärt, und das war richtig so. Dass die Erwartung, durch Ankurbelung der Wirtschaft den Massenexodus von Afrikanern nach Europa zu stoppen, naiv war, fiel nicht nur Experten auf. Doch kaum irgendwo gibt es mehr Wunschdenken als im Hinblick auf Afrika, und gerade weil die Verhältnisse dort so sind, wie sie sind, wächst das Bedürfnis nach Erfolgsstorys, auf die afrikanische Despoten genauso angewiesen sind wie deutsche Politiker, um nicht in den Verdacht der Schwarzmalerei oder gar des Rassismus zu geraten. Schönfärberei, wohin man blickt: Ruanda, das Lieblingskind der Deutschen und Amerikaner, ist eine Diktatur, deren Alleinherrscher sich kürzlich mit 98 Prozent zum dritten Mal wiederwählen ließ: »Leadership« heißt die beschönigende Formel dafür, und das Verbot von Plastiktüten ändert nichts daran, dass der Hutu-Tutsi-Konflikt nach Kagames Abgang erneut aufbrechen wird. Südafrika, das einzige Industrieland des Kontinents, tritt Mandelas Erbe mit Füßen und lässt die Regenbogen-Demokratie den Bach runtergehen. Selbst in Ghana, angeblich ein Musterstaat, stehen die Menschen vor Botschaften Schlange in der vergeblichen Hoffnung, ein Visum oder eine Greencard zu ergattern.

Warum schreibe ich Ihnen das, verehrter Herr Bundespräsident? Ich erinnere mich, wie Sie sich bei Nigerias Zivilgesellschaft entschuldigten, weil Sie auch mit der Regierung reden mussten. Das traf den Nagel auf den Kopf, denn berechenbares Regierungshandeln ist die Ausnahme, Bad Governance die Regel in Afrika, wo Kleptomanie die Korruption verdrängt. Die Vermutung liegt nahe, dass die Entkolonialisierung gescheitert sei, doch statt vorschnell zu verallgemeinern, möchte ich Ihnen von meinem Besuch in Bangui berichten, der Hauptstadt der Zentralafrikanischen Republik, die Afrikas Probleme wie ein Brennglas bündelt. Dort bekam ich ständig zu hören, unter Bokassa sei alles besser gewesen – eine Ungeheuerlichkeit, wenn man bedenkt, wofür dieser Name steht: Ein Tyrann, der Giscard D'Estaing mit Diamanten bestach und zur Kaiserkrönung, die das gesamte Budget verschlang, tonnenweise Kaviar und Champagner einfliegen ließ, bevor er gestürzt und wegen Kannibalismus (!) verurteilt wurde. Statt ins Gefängnis ging Bokassa ins Exil und lebte mit seinem Harem in einem Schloss bei Paris, ehe er nach Bangui zurückkehrte und dort unbehelligt verstarb.

Die Zentralafrikanische Republik hält einen traurigen Rekord auf Platz 188 der Statistik als ärmstes Land der Welt. Seit der Unabhängigkeit 1960 gab es keinen friedlichen Machtwechsel, die Lebenserwartung liegt bei vierundvierzig Jahren, die Hälfte der Bevölkerung ist unter zwanzig, eine Million Menschen wurden vertrieben oder sind in Nachbarstaaten geflüchtet, die sich an der Destabilisierung des Landes beteiligen. Anfangs als Befreier begrüßt, besetzten Seleka genannte Moslem-Rebellen Ende 2013 Bangui und richteten ein Blutbad an. Ihre Gegner, die christliche Anti-Balaka-Miliz, so genannt nach Fetischen, mit denen die Kindersoldaten sich vor Kugeln schützen, stehen ihnen an Grausamkeit nicht nach. Gerüchte besagen, die Todfeinde hätten sich verbündet, um im Auftrag von Ex-Offizieren der Armee die Bodenschätze auszubeuten. Die Regierung des Mathematiklehrers Touadéra, der durch Nichtstun die Krise aussitzen will, kontrolliert nur noch zwölf von sechzehn Provinzen, und allein die Präsenz von zehntausend Blauhelmsoldaten, die sich an Plünderungen und sexuellen Übergriffen beteiligen, hält einen Anschein von Ordnung aufrecht. Das Schul- und Gesundheitssystem ist zusammengebrochen, falls es je funktionierte, die Landwirtschaft liegt darnieder, weil Dörfer geplündert, ihre Bewohner getötet, verschleppt oder vergewaltigt wurden. Nur die Bierbrauerei entging der Zerstörungswut, weil Kämpfer aller Parteien Drogen und Alkohol konsumieren.

»Verhungern im Paradies«, sagt der Chef der Welternährungsagentur FAO und zählt die Reichtümer des Landes auf: Gold, Diamanten, Uran, Erdöl und Tropenholz. Früher habe man Rindfleisch exportiert, jetzt müsse jedes Ei in LKW-Konvois mit militärischem Schutz aus Kamerun importiert werden. Der Agrarminister kritisiert die Vielzahl privater Hilfsdienste, deren Aktivität keiner Kontrolle unterliege, und lobt die Arbeit der Welthungerhilfe, die das im Krieg zerstörte Landwirtschaftsinstitut instandgesetzt, den am Flughafen gelegenen Slum saniert, Schulen und Kantinen eingerichtet hat. Der Pastor der Kathedrale legt Wert auf die Feststellung, dass es sich nicht um einen Religionskrieg handele, aber der Imam der großen Moschee ist nicht einverstanden: »Die Angriffe auf Moslem-Gemeinden waren straff organisiert und von langer Hand vorbereitet.« Jeder gibt dem anderen die Schuld, die einen machen Tschad, andere Frankreich für das Blutvergießen verantwortlich. Der Konflikt sei auswegloser als in Somalia oder Süd-Sudan, meint der französische Botschafter, und der aus Wien stammende Honorarkonsul, der Deutschland und Österreich vertritt, weist darauf hin, dass Warlords, die von der Gesetzlosigkeit profitieren, erst die Waffen niederlegen, wenn es sich für sie lohnt – festnehmen könne man sie später.

Und er hängt das Bild des Altbundespräsidenten Gauck von der Wand. Mein Kopf schwirrt, und ich weiß nicht, wem oder was ich glauben soll. Was an die Nieren geht, sind Gespräche mit vergewaltigten Frauen, die zu stottern beginnen bei der Frage, wie viele Männer über sie herfielen; ein Kindersoldat weint, als ich wissen will, was mit seinen Eltern geschah. Dass die Frauen Aids haben, die Kindersoldaten Analphabeten sind, versteht sich von selbst.

Dieser Brief ist eine Zumutung, ich weiß, aber ich behellige Sie trotzdem damit: um deutlich zu machen, wie man sich fühlt, wenn man den roten Teppich verlässt, und Sie zu bitten, Ihr Know-how als Krisenmanager in den Dienst einer verlorenen Sache zu stellen. Starten Sie eine Afrika-Initiative jenseits von Wahlkampf und Parteienstreit: Nicht so blauäugig wie Ihr Amtsvorgänger, der die Piraterie am Horn von Afrika mit dem Rückgang der Fischbestände erklärte, sondern nüchtern und realistisch – das Bohren harter Bretter sind Sie ja gewohnt. Es geht nicht um die Entsendung von Bundeswehrsoldaten oder die Aufstockung der Entwicklungshilfe, sondern um eine Ressource, die noch knapper bemessen ist: um öffentliche Aufmerksamkeit. Dass die Zentralafrikanische Republik, die am Rand des Abgrunds und an der Schwelle zum Völkermord steht, in den Medien unterbelichtet bleibt, liegt nicht nur an Desinteresse oder Unkenntnis.

»Auswegloses Leiden erregt kein Mitleid, sondern Abscheu«, schreibt Lessing im Laokoon. Die Wahrheit dieses Satzes habe ich am eigenen Leib gespürt: Das Fieber des Bürgerkriegs steckte mich an, ich hatte die Nase voll vom Blabla der Experten und den Lügen der Politiker und wurde vom Teil der Lösung zum Teil des Problems. Plötzlich wollte ich nur noch weg, so schnell wie möglich und egal wohin, und bildete mir ein, die Motive der Migranten zu verstehen, die lieber in der Sahara verdursten oder im Mittelmeer ertrinken als auszuharren in einem zerfallenden Staat, wo Krieg der einzige Arbeitgeber ist. Mischehen zwischen Christen und Moslems seien selten geworden, sagt Karin Roth, die Friedensarbeit in Bangui betreibt, das Misstrauen sitze tief, und es werde Jahre dauern, Vertrauen wiederherzustellen. »Das Ganze ist keine Geldfrage, denn der Papstbesuch im November 2015 hat Christen und Moslems begeistert und dem Land eine Atempause verschafft.« Seit die Kämpfe erneut aufflammten, meint der Erzbischof von Bamberg beim Ortstermin in Bangui, sei der Friedensplan von Sant' Egidio Makulatur. Doch der Bischof, der sich mit Pegida anlegte, in Nigeria und auf den Philippinen vermittelte, gibt die Hoffnung nicht auf. »Papst Franziskus muss noch einmal herkommen, um die Wunden des Krieges zu heilen!«

In diesem Sinn, freundliche Grüße –
Ihr Hans Christoph Buch

P. S.
1926 kam André Gide nach Bangui, damals noch französische Kolonie. In seinem Reisebericht prangerte er die Unfähigkeit der Verwaltung und die Untaten der Kolonialtruppen an. Doch was ihn noch mehr erschütterte, war das Schicksal eines zehnjährigen Jungen, der, an Lepra erkrankt, elend zugrunde ging. Gide versuchte, sein Leben zu retten – vergeblich. Auch die Zentralafrikanische Republik ist ein Aussätziger, von dem alle den Blick abwenden – ein Paria unter den Völkern. Um das zu beenden, schreibe ich diesen Brief. (In Klammern füge ich hinzu, dass André Gide schwul war und mit seinem Lebensgefährten Bangui besuchte. Heute würde er dort verhaftet, denn in der Zentralafrikanischen Republik ist Homosexualität verboten und wird mit Gefängnis bestraft.)

Neue Literatur in der Frankfurter Verlagsanstalt (eine Auswahl)

Sven Amtsberg. SUPERBUHEI. Roman
„SUPERBUHEI ist eine makabre und dunkel schimmernde Ode an die Tristesse des Kleinbürgerlebens und gleichzeitig eine von mal leiserem, mal lauterem Humor getragene Problemstudie eines Mannes in der Krise.«
HAMBURGER ABENDBLATT

Claire Beyer. REFUGIUM. Roman
„Ein spannender Roman, der sich zur Geschichte einer Frau entwickelt, die sich selbst sucht. Gefunden hat sie am Ende sehr viel mehr, als sie vermisste: ihr Selbstbewusstsein und die Kraft dazu.“ FRANKFURTER ALLGEMEINE ZEITUNG

Britta Boerdner. AM TAG, ALS FRANK Z. IN DEN GRÜNEN BAUM KAM. Roman
„Drei ereignisreiche Tage in einem Dorf am Ende eines Jahrzehnts. Präzise beobachtet und atmosphärisch dicht aus unterschiedlichen Perspektiven erzählt. Weit entfernt am Horizont zeichnet sich so etwas wie eine neue Zeit ab.“ WDR2

Nora Bossong. GEGEND. Roman
„*Gegend* ist eines der überzeugendsten Erzähldebüts des soeben vergangenen Jahres.“ FRANKFURTER RUNDSCHAU

Nora Bossong. WEBERS PROTOKOLL. Roman
„Ein Roman voller literarischer Untiefen und menschlicher Abgründe, der nicht allein für kommende Bücher ihrer Generation eine unübersehbare Wegmarke setzt.“
DEUTSCHLANDFUNK

Anne Brannys. EINE ENZYKLOPÄDIE DES ZARTEN
„Eines der schönsten Bücher dieses Herbstes.“
DEUTSCHLANDFUNK

Hans Christoph Buch.
ELF ARTEN, DAS EIS ZU BRECHEN. Roman
„Hans Christoph Buchs Bücher sind Schatzkisten, prall gefüllt mit Geschichten aus fernen Ländern, Zeugen seiner ungezähmten Fabulierlust." DEUTSCHLANDRADIO KULTUR

Hans Christoph Buch. BOAT PEOPLE. LITERATUR ALS GEISTERSCHIFF. Berner Poetikvorlesung
„Buch macht mit seiner assoziativen Entdeckungsreise längst versunkenes Kulturgut sichtbar. Wer hätte gedacht, dass sich in einem Buch über Geister- und Totenschiffe eine solch philosophische Erkenntnis versteckt." 3SAT KULTURZEIT

Hans Christoph Buch. BARON SAMSTAG ODER DAS LEBEN NACH DEM TOD. Roman
„Autobiographische Maskeraden, historische Vexierspiele, politisch-polemische Interventionen, krasse Kontrafakturen, bildungsbefrachtete Kaperfahrten – all das bietet die Prosa dieses Autors." FRANKFURTER ALLGEMEINE ZEITUNG

Hans Christoph Buch. REISE UM DIE WELT IN ACHT NÄCHTEN. Roman
„Ein mal satirischer, mal politischer Abenteuerroman und einmal mehr der Beweis, dass zwischen zwei Buchdeckeln eine ganze Welt zu entdecken ist." B5 AKTUELL

Hans Christoph Buch. TOD IN HABANA
„Zweifellos, dieser fluide Text ist eine aberwitzige Travestie, eine durch und durch respektlose Burleske, die vom Stilwillen ihres Autors immer wieder gebändigt wird." DIE WELT

Lasha Bugadze. LUCRECIA 515. Roman
„Ein glänzend unterhaltsamer, greller, frischer und ja: saukomischer Roman!" WIENER ZEITUNG

Lasha Bugadze. DER LITERATUREXPRESS. Roman
„Schelmisch und selbstironisch, satirisch und sehr lustig: Bugadze hat Talent für humoristisch überzeichnete Szenen und einen Sinn fürs Absurde." Der Tagesspiegel

Ruth Cerha. TRAUMRAKETE. Roman
„Ruth Cerhas Erzählstil zeugt von virtuoser Leichtigkeit bei gleichzeitig großer Sprachgewalt – so entstehen wunderbare Bilder." Blog Buchrevier

Ruth Cerha. ZEHNTELBRÜDER. Roman
„Zehntelbrüder ist ein zeitgemäßer Familienroman, ein Kaleidoskop moderner Verhältnisse, in denen Bindungsängste ebenso zu finden sind wie der Glauben an eine tiefe innere Verbundenheit." Bündner Tagblatt

Ruth Cerha. BORA. EINE GESCHICHTE VOM WIND. Roman
„Bildstark, sinnlich und mit einem überaus musikalischen Grundton spürt Cerha den Sehnsüchten und Ängsten zweier Enddreißiger hinterher." Stuttgarter Zeitung

Nicolas Dickner. DIE SECHS FREIHEITSGRADE. Roman
„*Die sechs Freiheitsgrade* ist ein irrer Lesespaß, der einen mit sprachlicher Raffinesse – brillant übersetzt von Andreas Jandl – und veritablen Spannungsbögen glänzend unterhält."
Deutschlandfunk

Nicolas Dickner. NIKOLSKI. Roman
„Dickners Blick auf die Welt ist subversiv." Deutschlandfunk

Mareike Fallwickl. DUNKELGRÜN FAST SCHWARZ. Roman
„Wenn es ein Buch gibt, das unter all den Neuheiten herausragt, dann ist das *Dunkelgrün fast schwarz*. Hier stimmt einfach alles, von der ersten bis zur letzten Seite." Blog Masuko13

Margaux Fragoso. TIGER, TIGER. Roman
„Es ist ein schockierendes Buch, das die Amerikanerin Margaux Fragoso über ihre jahrelangen Erfahrungen mit einem Pädophilen geschrieben hat. *Tiger, Tiger* verharmlost nichts, beschönigt nichts. Ein Triumph des Erzählens über das Schweigen. Ein Triumph der Literatur."
FRANKFURTER ALLGEMEINE SONNTAGSZEITUNG

Anna Galkina. DAS NEUE LEBEN. Roman
„*Das neue Leben* ist ein Roman über Migration – unter anderem. Er beschreibt auch die Höhen und Tiefen im Leben einer jungen Frau. Und das auf eine wahrlich gelungene Weise." CICERO

Anna Galkina.
DAS KALTE LICHT DER FERNEN STERNE. Roman
„Romantisch verspielt, schonungslos brutal, absurd komisch."
SWR2

Ernst-Wilhelm Händler. WENN WIR STERBEN. Roman
„Ernst-Wilhelm Händler vollzieht in seinem raffinierten Roman nichts Geringeres als die feindliche Übernahme der deutschen Gegenwartsliteratur (...) Wenn es noch Zweifel geben sollte, ob Ökonomie überhaupt literaturfähig sei, dann sind sie hiermit endgültig entkräftet."
FRANKFURTER ALLGEMEINE ZEITUNG

Nino Haratischwili. MEIN SANFTER ZWILLING. Roman
„Nino Haratischwili hat das Zeug zur neuen Heldin der zeitgenössischen deutschen Literatur. *Mein sanfter Zwilling* ist ein Text von beinahe klassischer Wucht: Erst liest er sich wie ein Krimi, dann wie ein Familiendrama, später wie eine romantische Liebesgeschichte – und schließlich wie ein Kriegsepos."
LITERARISCHE WELT

Nino Haratischwili.
DAS ACHTE LEBEN (FÜR BRILKA). Roman
„Die Geschichte des europäischen Jahrhunderts als georgische Familiensaga erzählt. Wie hat sie das gemacht? Deutscher Roman des Jahres. Phänomenal."
FRANKFURTER ALLGEMEINE SONNTAGSZEITUNG

Christa Hein. DER GLASGARTEN. Roman
„Christa Hein ist eine Seelenmalerin, die sich auf das Legen literarischer Hochspannungsleitungen versteht. Gekonnt verschränkt sie Familiendrama, Liebesaffären und Krimi."
BRIGITTE WOMAN

Zoë Jenny. BLÜTENSTAUBZIMMER. Roman
„Es ist ein verstörender Text, klar und einfach geschrieben und doch von einer vielleicht noch etwas naiven, poetischen Kraft – hier ist nichts gekünstelt, es liest sich ein wenig wie ein Tagebuch, und doch schwebt darüber schon der Blick der Schriftstellerin, die aus dem Stoff, den sie hat, mehr macht als ihn bloß nachzuerzählen." ELKE HEIDENREICH, WDR

Fee Katrin Kanzler. STERBEN LERNEN. Roman
„*Sterben Lernen* ist eine intensive Reise zwischen den Genres mit vielen Überraschungsmomenten." RADIO FRITZ RBB

Tanja Kinkel. GÖTTERDÄMMERUNG. Roman
„Der ‚weibliche Noah Gordon' hat einen brisanten Wissenschaftsthriller in bester Crichton-Tradition verfasst."
ABENDZEITUNG

Bodo Kirchhoff. WIDERFAHRNIS. Novelle
Ausgezeichnet mit dem Deutschen Buchpreis 2016
„Bodo Kirchhoff ist ein Meistererzähler; sein Widerfahrnis trifft uns alle." LITERARISCHE WELT

Bodo Kirchhoff. VERLANGEN UND MELANCHOLIE. Roman
„Bodo Kirchhoff ist auf der Höhe seiner Kunst angelangt, ein souveräner Meister in der Beherrschung seiner Mittel. Das ist es, was man gemeinhin als Virtuosität bezeichnet."
FRANKFURTER ALLGEMEINE ZEITUNG

Bodo Kirchhoff. DIE LIEBE IN GROBEN ZÜGEN. Roman
„Ein fulminantes Buch über die Menschen von heute und über das, was sie umtreibt, verstört, weiterbringt, überleben lässt, über die Liebe also – in groben Zügen."
DENIS SCHECK, ARD DRUCKFRISCH

Bodo Kirchhoff. WO DAS MEER BEGINNT. Roman
„Das ist so scharf beobachtet, so witzig, dramaturgisch geschickt und spannungsreich erzählt, da erweist sich Kirchhoff auf der Höhe seiner Kunst." FRANKFURTER ALLGEMEINE ZEITUNG

Bodo Kirchhoff. PARLANDO. Roman
„Ein fabelhafter Erzähler, ein großartiger Schriftsteller, eine grandiose Episode nach der anderen!" MARCEL REICH-RANICKI

Bodo Kirchhoff. INFANTA. Roman
„Es ist ein spannendes Buch, das den Leser so in die Gegenwart der Erzählung hineinzieht, dass er die eigene Zeit vergisst. Etwas Selteneres lässt sich von einem deutschen Roman kaum sagen." FRANKFURTER ALLGEMEINE ZEITUNG

Sabine Kray. DIAMANTEN EDDIE. Roman
„Eddie erscheint als Hochstaplerfigur vom Kaliber eines Felix Krull. Vor- und Rücksprünge in der Chronologie, lebendige, glaubwürdige Dialoge und das differenzierte Einbetten der großväterlichen Biographie in den zeitgeschichtlichen Rahmen lassen *Diamanten Eddie* zu einem psychologisch facettenreichen Buch werden." FRANKFURTER ALLGEMEINE ZEITUNG

Helmut Kuhn. GEHWEGSCHÄDEN. Roman
„Der Roman ist ein Zeitdokument, das einen tiefen Blick in die Seelenlage von Berlins kreativer Mitte wirft. Mit seinen starken Szenen und abrupten Wechseln erinnert *Gehwegschäden* an Döblins *Berlin Alexanderplatz*. Die Illusionen sind dahin, aber der Witz noch nicht, mit dem sich die Kreativen Tag für Tag durchs Leben schlagen.“ RBB Stilbruch

Ulla Lenze. DIE ENDLOSE STADT. Roman
„Ulla Lenze hat in ihrem enorm gegenwärtigen Großstadtroman eine Sprache für die Verwirrung zwischen Nähe und Ferne, Kunst und Kapitalismus gefunden. *Die endlose Stadt* ist die Zeichnung einer globalisierten Epoche, in der die Differenzen in einer universalen Warenwelt eingeebnet sind, gleichzeitig aber die sozialen Unterschiede immer bedrängender werden.“ KulturSpiegel

Ulla Lenze. DER KLEINE REST DES TODES. Roman
„Ein lebensgesättigter, gleichwohl lyrischer Roman, der in jene Räume vordringt, die zu betreten am schwersten sind. Dort nämlich kann man etwas entdecken, das ungeheuer fragil, instabil, unfassbar, transzendent ist: das eigene Ich.“
Deutschlandfunk

Mathias Menegoz. KARPATHIA. Roman
„Der Roman bietet große Landschaften und große Gefühle.“
Frankfurter Allgemeine Zeitung

Thomas Martini. DER CLOWN OHNE ORT. Roman
„Der Erzählstil Martinis ist schön, ambitioniert und virtuos. Es gibt eine Vielzahl einzelner, zum Teil kleinster Episoden oder Eindrücke, die für sich strahlen.“ HR Info

Sylvia Plath. DIE TAGEBÜCHER
„Ein großartiges Stück autobiographische Literatur. Kraftvoll und poetisch, klug und sprachlich ausgefeilt.“ Brigitte